인 생 연 구

인생연구

초판 1쇄 발행 • 2023년 5월 26일

지은이 / 정지돈
펴낸이 / 강일우
책임편집 / 이진혁
조판 / 황숙화
펴낸곳 / (주)창비
등록 / 1986년 8월 5일 제85호
주소 / 10881 경기도 파주시 회동길 184
전화 / 031-955-3333
팩시밀리 / 영업 031-955-3399 · 편집 031-955-3400
홈페이지 / www.changbi.com
전자우편 / lit@changbi.com

ⓒ 정지돈 2023
ISBN 978-89-364-3905-7 03810

창비

차례

"잠에서 깨었을 때 아무 고통이 없다면 죽은 줄 알라."

— 러시아 속담

1

공포 소설 비슷한 걸 쓰고 싶은데 마땅한 소재가 없었다. 친한 동료 작가에게 무서운 이야깃거리 없냐고 물었다. 동료는 잠깐 고민하더니 곤지암에서 살던 어릴 때 이야기를 들려줬다. 자기는 기억이 안 나는데 윗집에 갓 신내림을 받은 무당이 살았단다. 어머니는 신이 들어선 지 얼마 안 된 무당이 특히 용하다는 얘기를 듣고 점을 봤다. 아이의 미래가 어떻게 될지 궁금했던 것이다. 무당은 몸을 부르르 떨더니 그 자식은 커서 소설가가 될 거라고 말했단다. 그때만 해도 동료 작가는 가나다도 제대로 모르는 유치원생이었는데 말이다.

"소름 돋네요." 내가 말했다. "어떻게 맞힌 걸까요?"

동료 작가는 어깨를 으쓱했다. 그는 이 이야기를 며칠 전에 어머니에게 처음 들었다고 했다.

"엄마도 무서웠대요. 하나뿐인 애가 진짜 소설가가 될까봐. 그래서 삼십년 동안 말 안 했는데 이젠 별 수 없으니까 말한다고 하시더라구요."

"아."

동료는 이 이야기에서 무서운 건 무당이 아니라 어머니인 것 같다고 했다. "자식이 등단하고 책까지 냈는데 말 안 하고 수년을 버티신 거잖아요."

그가 쓸쓸한 표정을 지었다.

"심지어 책도 여러권 냈는데요." 내가 말했다.

"등단한 지 십년이 넘었죠." 동료 작가가 말했다. "엄마는 최근까지도 제가 다른 일을 구할 거라는 희망을 가지셨대요. 다른 삶을 살 거라는. 하지만 이젠 포기하셨대요."

조금 슬픈 이야기였지만 나는 그만 고개를 끄덕이고 말았다.

2

안젤라에게 삼년인가 사년 만에 연락이 왔다. 안젤라는
여전했다. 무턱대고 전화를 걸어서 얘기를 늘어놓기 시
작한 것이다. 밤 열한시쯤이었고 나는 여자친구와 누워서
유튜브를 보고 있었다. 4K 또는 8K 카메라를 들고 도쿄
를 걷는 영상이었다. 신주쿠, 시부야, 나카메구로같이 유
명한 장소도 있지만 평범한 주거구역도 있고 해질녘 가마
쿠라해변을 걷거나 비 오는 산겐자야를 걷는 영상도 있었
다. 여러 유튜버가 거의 동일한 포맷으로 올리는 이 영상
들의 특징은 그냥 걷는다는 데 있다. 음악도 없고 편집도
없고 내레이션도 자막도 없다. 실제보다 선명하고 화사
한 도시의 풍경, 파도처럼 다가오는 자동차 소리, 덜컹하
고 내려오는 셔터, 탁탁 반복적으로 부딪치는 열쇠고리,
깔깔대는 고등학생, 필름처럼 감기는 자전거 체인 소리만
있다. 찾아보니 세계적인 도시마다 걷는 영상과 드라이브
영상, 사이클링 영상이 있었고 우리는 런던과 싱가포르에
서 자전거를 타고 뉴욕과 파리를 걷고 시에나에서 루치냐
노까지 차를 타고 신칸센 창밖으로 눈 쌓인 야마가타현을
지나 이제 더이상 걷지 않는 홍대의 밤을 걸었다. 잠깐만

보기로 했는데 어느새 두시간이 훌쩍 지났다.

"그만 볼까?"

"이것만 보고."

안젤라의 전화가 온 건 그때였다. 한동안 통화를 하고 침대로 돌아오자 여자친구가 안젤라가 누구냐고 물었다. "어떤 년이랑 밤 열한시에 삼십분이나 통화를 해?" 농담 섞인 투였지만 대답에 따라 농담으로 끝나지 않을 수도 있었다. 나는 뭐라고 설명해야 되나 고민했다. 안젤라는 이십대 때 잠깐 같이 살았던 친구다. 오랜 친구 도엽의 여자친구였는데 어쩌다 다 같이 살게 된 것이다. 문제는 일년 뒤 도엽이가 안젤라와 헤어지면서 집을 나갔다는 사실이다. 결국 안젤라와 나는 남은 계약기간 동안 둘이 살게 됐는데……

안젤라를 생각하면 신촌 아트레온이 먼저 떠오른다. 예전에는 녹색극장이었다가 지금은 CGV가 된 대로변의 극장. 나와 안젤라가 신촌에 함께 산 짧은 시간 아트레온은 아트레온이었다. 우리는 신촌 기차역 건너편 블록의 투룸에 살았다. 집은 가파른 언덕 위에 있었다. 겨울엔 길이 얼어붙어 자주 미끄러졌고 배달음식은 내리막 아래에서 받아 와야 했다. 안젤라는 한겨울에도 발목양말을 신었고 복숭아뼈 주위 살갗이 트고 갈라져도 나 몰라라 했다. 도엽이가 사준 패딩으로 몸을 싸매고 줄담배를 피우며 극장까지 걷던 모습이 기억난다. 우리는 어떤 영화가 상영 중인지 확인도 하지 않았고 그래서인지 뭘 봤는지도 기억나지 않는다. 극장 안이 텅 비어 있었다는 거, 뒷문으로 나오면 보이는 모텔들의 네온사인 간판과 바닥에 널브러진 유흥업소 전단, 명함들, 근처 배팅 연습장에서 들리는 땅땅 소리만 기억난다. 나는 신촌을 무척 싫어했고 그건 지금도 마찬가지다. 그나마 좋았던 건 새로 오픈한 신촌 크리스피 크림에서 글레이즈드 도넛을 공짜로 나눠준다는 사실이었다. 나와 안젤라는 줄을 서서 반투명한 미농지에 싸인 갓 구운 도넛을 받아들고 지하철역으로 가곤 했다. 계단을 내려가기도 전에 도넛을 다 먹으면 안젤라가 반쯤 남은 자기 도넛을 넘겨줬다. 생각해보니 안젤라가 식사를 하는 걸 본 기억이 없다. 밤새 컴퓨터 앞에 앉아 해바라기씨만 먹었고 왜 밥을 먹지 않느냐고 하면 학교에서 먹었다거나 알바하면서 먹었다고 했다. 하지만 그때는 나도 잘 먹지 않았고 그래서 더 묻지 않았다.

한번은 안젤라가 일주일 동안 방에서 나오지 않았다. 처음 며칠은 그런가보다 했다. 도엽이와 헤어진 뒤 소통이 원활하지 않았고 딱히 그럴 필요도 없었기 때문이다. 그치만 슬슬 걱정이 됐다. 밤이고 낮이고 인기척이 없었고 화장실을 사용한 흔적도 없었다. 큰 맘 먹고 문을 두드렸던 것 같다. 한동안 아무 소리도 들리지 않았다. 다시 두드리자 아주 작은 신음소리가 들렸다. 나는 문을 천천히 열었다. "안젤라." "응." 아래쪽에서 안젤라의 목소리가 들렸다. 방은 암막커튼 때문에 컴컴했지만 거실 형광등 빛에 비친 안젤라의 윤곽이 보였다. 안젤라는 침대에 거꾸로 누워 있었다. 이불은 발치에 구겨져 있었고 한쪽 발에만 수면양말을 신고 있었다. 방에서 오래된 두피 냄새가 났다. "괜찮아?" "응." 안젤라가 이어폰을 빼며 말했다. "피가 안 통해서." 나는 뭐라고 말해야 할지 몰라서 가만히 있었다. 피가 안 통한다니 무슨 말이지? 안젤라의 얼굴은 석고상처럼 무표정했다. "눈부신……" 안젤라가 말했다. 안젤라는 말끝을 흐리는 버릇이 있었다. 처음 만났을 때부터 그랬다. "안녕하세……"

"뭐 좀 먹어."

"그럴게."

내 얘기를 들은 도엽이는 대수롭지 않다는 반응이었다.

"걔 원래 좀 이상하잖아."

"뭐가?"

"신체절단애호증이라고 들어봤어?"

도엽이가 말했다. 아포템노필리아apotemnophilia. 성도착증의 하나로 절단된 신체 또는 신체를 절단하는 행위에서 쾌감을 느끼는 정신질환. 도엽이는 안젤라가 절단애호증 웹사이트 '오버그라운드'의 회원이라고 말했다. 우연히 다크웹 브라우저로 그 사이트에 들어간 안젤라의 컴퓨터를 봤다는 거였다. 회원은 엄격한 절차를 통해 선발되며 성향에 따라 두 종류로 나뉜다. 절단된 신체를 애호하는 디보티devotee와 실제로 절단을 시도하는 워너비wannabe.

"안젤라는 워너비야."

"뭔 소리야."

"진짜야. 내 젖꼭지를 자르려고 했다니까. 자르라고 했던가?"

"그만해." 나는 도엽이의 말을 끊었다.

생각해보면 안젤라에 대해 아는 게 거의 없었다. 도엽이와 함께 산 일년, 둘이서만 산 일년, 총 2년을 같이 살았고 알고 지낸 세월만 이십년인데 안젤라를 떠올리면 꿈에서 본 것처럼 모든 게 뒤죽박죽이다.

각자 독립한 뒤에도 안젤라와 나는 자주 만났다. 이십 대 초중반이었고 한참 시끌벅적한 시기였다. 안젤라는 서울 생활에 적응했는지 말이 많아지고 만나는 사람도 많아졌다. 도엽이의 친구와도 사귀고 내 친구와도 데이트를 했다. 결과는 대부분 좋지 않았다. 나중에 안 일이지만 이십대 후반 내가 인턴을 했던 회사의 대리가 안젤라를 따라다닌 일도 있었다. "어쩌다 자버렸거든." 안젤라가 대수롭지 않다는 듯 말했다. 대리는 지금은 얌전히 대기업 홍보팀에서 일하지만 한때 장정일 밑에서 시를 배웠나 소설을 배웠나 했던 사람이었다.

문제는 대리가 유부녀였다는 사실이다. 그는 안젤라가 줄담배를 피우는 모습에 반했다고 했다. 「캐롤」의 케이트 블란쳇과 닮았다나. 손도 크고 키도 크고. 얼굴선은 가늘지만 길게 찢어진 눈이나 백지장처럼 흰 얼굴도 그렇단다. "「베즈 무아」라고 프랑스 영화……" 안젤라가 말했다. 프랑스어 베즈baise는 구어로 성교를 뜻하고 무아moi는 나, 자신을 뜻한다. 그러니까 해석하면 날 먹어줘? 그런 제목의 영화데 선정성과 폭력성 때문에 프랑스 법원에서 배급 중단 선고를 받은 작품이었다. "그 영화 알려주니까 정말 좋아하더라." 안젤라가 말했다. 대리는 그런 영화를 처음 봤다고 했다. 프랑스 영화는 「아멜리에」나 「베티블루 37.2」 정도만 알았던 것이다. 그리하여 유부녀 대리와 안젤라는 사랑에 빠져 자동차를 타고 탈주극을 벌이며 남자 사냥을 하고 경찰에 쫓겼냐 하면 그건 아니었다. 둘은 만나고 싸우고 헤어지고 다시 만나고 죽도록 미워하다 어느 즈음엔가 관계를 정리한 듯했다. 사연이 있는 것 같았지만 구체적인 내용은 알 수 없었다.

그때도 우리는 갑자기 연결된 전화를 붙잡고(안젤라가 걸었다) 못 본 사이 있었던 일들을 얘기했다. 안젤라는 캄보디아에 갈 생각이라고, 그래서 전화를 했다고 말했다. "팔리 누온이라고 알아?" 처음 듣는 이름이었다. 팔리 누온은 크메르 루주 대학살의 생존자였다. 밀림에서 두 아이를 잃었고 남편은 고문과 학대로 정신적인 결함을 안고 귀환했다. 그는 태국 국경의 난민 수용소에서 통역과 구호활동을 하며 새 삶을 시작했다. 상처를 없앨 순 없지만 잊고 살아가는 법을 터득한 것이다. 팔리 누온은 프놈펜 교외에 '퓨처 라이트 오퍼나지'라는 공간을 열고 외상후 스트레스 장애에 시달리는 사람들을 받아들였다. 안젤라는 그곳에 갈 거라고 했다. 이유가 궁금했지만 묻지 않았다. 그즈음 나는 친구들 전화를 받을 때도 큰 결심이 필요할 만큼 상태가 좋지 않았다. 오래 만난 연인은 갑자기 연락이 두절됐고 지도교수는 무슨 일이 있어도 나를 졸업시키기 않겠다고 선언했다. 아무리 노력해도 일이 잘 풀리지 않았고 뭘 어떻게 노력해야 하는지도 알 수 없었다.

"너도 쉽지 않네." 안젤라가 말했다. 안젤라는 전화를 끊으며 운석이라도 떨어졌으면… 하고 중얼거렸다. 인간들이 몽땅 죽거나 자기가 죽었으면 하는 마음 같았다.

"그래서 왜 전화했대?" 여자친구가 말했다.

"글쎄, 그게……" 같이 살던 시절 안젤라와 나는 가끔 서로의 컴퓨터를 사용했다. 정확히는 안젤라가 내 노트북을 빌려 쓴 게 대부분이었지만. 안젤라는 그때 자기가 쓴 글을 찾고 싶다고 했다. 내 컴퓨터로 쓴 일기도 소설도 아닌 뭔가가 있는데 그게 자꾸 생각난다고, 그걸로 뭘 만들어야겠다고 말했다.

"뭘 만들어?"

"글쎄, 영화였나 다큐였나……" 안젤라의 얘기가 혼란스러워 설명하기 쉽지 않았다. 안젤라의 용건은 좀 이상했다. 말이 안 되는 건 아닌데, 말이 된다고 하기엔 뜬금없고 과하다고 할까. "이십년 전에 쓴 글을 이제 와서 찾는

다니 이상하잖아."

"현실의 다른 버전 같아." 내가 말했다. 진짜 우리 삶에서 일어날 법한 일이 아니라 삶을 흉내 낸 영화나 소설에서 있을 법한 일 말이다. 여자친구는 알 듯 말 듯하다는 표정이었다.

"그건 그렇고, 그 파일이 있긴 해?" 여자친구가 말했다.

나는 고개를 끄덕였다. 파일은 있는 게 분명했다. 나는 노트북을 바꿀 때마다 문서 파일을 외장하드에 옮긴다. 중요한 파일은 새 노트북에 다시 옮기고. 그 과정을 반복하면서 예전 노트북과 외장하드들이 쌓여갔지만 버리진 않았다. 아마 안젤라의 파일은 예전 기기 어딘가에 있을 것이다. 문제는 노트북이나 외장하드 모두 이십년 전 물건으로 부팅하지 않은 지 십년도 넘었다는 사실이지만.

3

미국의 시인 로버트 로웰은 이렇게 썼다. "서른한살, 아무것도 안 함." 나라면 이렇게 쓸 것이다. 서른한살, 아무것도 안 됨. 김애란은 「서른살」에서 이렇게 썼다. "너는 자라 내가 되겠지. 겨우 내가 되겠지." 하지만 나는 나도 되지 않았다. 서른한살의 나는 스스로를 되다 만 무엇이라고 생각했다. 결혼이나 취업, 등단 같은 친구들의 소식이 들렸지만 내 삶에는 아무런 소식이 없었다. 이대로 계속 지내면 머지않아 홀로 거리에서 최후를 맞이할 거라는 두려움에 시달렸다. 성공한 친구들을 피해 다니며, 과거에 잠깐 반짝하고 말았던 좋은 시절을 끊임없이 복기하며 어딘가에 숨어 겨우 연명하며 살 거라는 생각이 들었다. 이런 생각에 근거가 있었는지는 모르겠다. 따지기 시작하면 근거는 많았다. 학자금 대출, 가난한 부모, 쓸모없는 전공과 장기 불황 등등. 하지만 다시 생각하면 아무런 근거도 없었다.

그즈음에 안젤라와 길에서 마주쳤다. 상수역 근처를 지나가던 중이었다. 안젤라는 어디론가 급히 걸어가고 있었다. 처음에는 긴가민가했다. 외모는 그대로였지만 분위기가 달라진 탓이다. 시선을 눈치챈 안젤라가 뒤를 돌아보고 손가락질했다. "너……" 캄보디아로 떠나기 전, 스물여덟살 때 본 게 마지막이었으니 삼년 만에 만난 거였다. 우리는 오랜만에 회포를 풀었다. 급만남이지만 바로 술집으로 직행했던 것이다.

여자친구에게 말하지 않았지만 안젤라를 좋아하지 않은 건 아니었다. 그렇지만 좋아한 것도 아니었다. 애매하기 이를 데 없지만 어쩔 수 없다. 애매한 감정이었으니까. 안젤라와 만난 그날 밤 우리는 술을 어지간히 마셨다. 평소에 하지 않을 행동도 하고(옆 테이블의 중년 좌파부부와 합석도 하고 노래방에도 갔다) 지금까지 살아온 얘기뿐 아니라, 남들에게 말하지 못한 비밀도 털어놓았다. 문제는 술을 너무 마셔서 내가 무슨 말을 했는지 안젤라가 무슨 말을 했는지 선명하지 않다는 거지만. 안젤라는 내 친 김에 자기 집에 가자고 했다. 새벽 네신가 다섯신가 그랬을 것이다. 비가 조금 내렸고 거리는 검게 물들었다. 안젤라는 양화진 쪽에 살고 있었다. 우리는 팔짱을 끼고 안젤라의 집까지 걸었다. 날씨가 추웠는지 더웠는지 기억나지 않는다. 하지만 안젤라가 내 팔을 꼭 붙들었던 것, 내가 안젤라에게 몸무게를 실었던 것, 아스팔트가 드넓게 펼쳐지며 빛나는 입자들을 쏟아냈고 우리가 그 속으로, 과거 속으로 빨려 들어가듯 흔들렸던 것 따위는 기억난다. 우리는 도엽이 얘기를 하며 배를 잡고 웃었다. 그를 비웃거나 했던 건 아니고 얘기를 꺼내는 것만으로 웃겼던 탓이다. 아마 그러고 난 뒤, 그러니까 한바탕 웃고 난 뒤 사위

가 고요해졌고 나는 걸으면서 지금 이대로 안젤라의 집
에 가면 안젤라와 자게 될지도 모른다고, 안젤라와 사귀
게 될지도 모른다고 생각했다. 한번도 상상해본 적 없는
일이었다. 같이 살 때 잠깐 떠올렸을까. 그러나 그건 막연
하고 추상적인 생각이었다. 내셔널지오그래피의 한 장면
처럼 보편적인 일생이 지나간다. 안젤라와 내가 수정되고
태어나고 만나고 결혼하고 아이를 낳고 나뭇잎 사이 햇살
이 일렁이는 그늘 아래 아이를 든 우리의 손, 전화를 받지
않는 자녀와 그들의 아이들이 울고 말하고 똥 싸고 여름
바다로 뛰어드는 모습, 은퇴한 뒤 마련한 전원주택, 쪼그
라들기 시작한 연골과 장기, 나란히 누워 수면제를 서른
알씩 삼키고 눈을 감는 모습 등등. 우리는 곧 목적지에 도
착했다. 안젤라는 오래된 상가 건물 사층에 살고 있었다.
발걸음에 따라 복도의 센서등이 하나씩 켜졌다. 안젤라는
잠깐 있으라고 하더니 문을 열고 들어갔다. 청소를 할 테
니 기다리라는 거였다. 문 너머에서 달그락하는 소리가
들리기 시작했다. 나는 가만히 귀를 기울이며 기다렸다.
곧이어 말소리 같은 게 들렸다. 이상한 건 안젤라의 목소
리만 들렸다는 사실이다. 꼭 안젤라가 두 사람이라도 된
듯 연기를 하며 스스로에게 묻고 답하는 것 같았다. 잠시

후 안젤라가 문을 열고 나왔다. 안젤라는 나를 집에 들이지 않았다. "그냥 돌아가는 게 좋겠어." 안젤라가 말했다. 그리고 나를 끌어안았다. 나도 잠자코 안젤라를 안았다. "괜찮아?" 내가 안젤라에게 물었다. "뭐가?" 안젤라가 대답했다. "그냥, 다." 안젤라는 아무 말도 하지 않았다. 유체이탈이라도 한 것 같은 표정으로 나를 올려다보고 있었다. 집에 오자고 말한 것이 자신이 아닌 듯한 얼굴이었다.

문득 이 집이 안젤라의 집이 아닐지도 모른다는 생각이 들었다. 안젤라가 얹혀사는 누군가의 집인데 나를 데리고 들어가려다 일이 틀어진 것이다. 안젤라는 떠돌이 생활을 하고 있고 절박한 상황일지도 모른다. 그저 오늘 곁에 있어줄 사람이 필요했던 것이다. 고마워. 안젤라가 내 어깨에 바싹 기대며 속삭였다. 잘 가,라고 했던가. 우리는 어느 순간 멀어졌고 안젤라는 집으로 들어갔는데 안젤라가 마지막으로 속삭였던 말이 무엇인지 잘 기억나지 않는다. 미안,이라고 했던 것 같기도 하고 그만,이라고 했던 것 같기도 하다.

그날 안젤라에게 여러 충격적인 얘기를 들었지만 잊힌 게 태반이다. 그래도 직전에 만난 남자 얘기는 잊어지지 않는다. 캄보디아에서 만난 프랑스인 남자. 중국계 변호사 엄마와 알제리계 축구선수 아빠 사이에 태어난 그는 (편의상 피에르라고 부르자) 외부인 출입 제한 주택단지에서 자란 유년시절의 공포를 매일 꿈에서 반복하는 정서장애 환자였다. 캄보디아에 있을 때만 해도 괜찮아 보이던 상태가 한국에 오자 심해졌다. 일자리 찾는 걸 포기하더니 두 손 놓고 안젤라에게 기대기 시작한 것이다. 처음 일년은 견딜 만했다. 안젤라도 이십대 내내 정신적 문제가 있었고 서로 돕고 살면 괜찮아질 거라고 믿었다. 하지만 피에르는 어느 날부터 폭력을 휘두르기 시작했다. 안젤라는 자기 실수도 있다고 말했다. 신경질이 난 나머지 침대에 누워 있는 피에르의 머리를 후려친 것이다. "장난으로 그런다는 게 감정이 실려버렸지 뭐……" 피에르는 한대 뺨을 올려붙이더니 분이 풀리지 않는지 다시 뺨을 때렸고 상황은 난장판이 되었다. 그때까지만 해도 왜곡된 형태의 사랑이라고 생각했다. 그렇지만 피에르의 폭력은 거기서 끝나지 않았다. 인터넷이 잘 안 터진다거나 버스를 놓쳤다거나 하는 사소한 이유로 우산을 부러뜨리고 길고양이를 괴롭히고 안젤라를 때렸다. 나로서는 믿어지지 않는 일이었다. 안젤라 같은 여자가 애인에게 맞다니 상상이 가지 않았다. 안젤라 본인도 그렇다고 했다. 상상

해본 적 없다고, 왜 그를 바로 끊어내지 못했는지 이해가
되지 않는다고 말이다. 더 큰 문제는 안젤라가 이 모든 일
을 자기 탓으로, 자신의 삶에 찾아온 불행과 당혹감, 수치
심을 유년 시절부터 이어져온 사적인 역사의 결과이자 어
두운 진실로 받아들였다는 점이다. 안젤라는 어느 책에서
이러한 덫에 걸린 사람들이 평생 현기증과 불안, 그리고
실제로 존재하지 않는다는 느낌에 시달린다고 하는 구절
을 봤고 그게 자신이라고 생각했다. 피에르는 혼혈인 정
체성을 핑계 삼아 안젤라를 지속적으로 고문했고 안젤라
는 그것 역시 자기 탓이라고 생각했다. 그의 자기혐오와
자기연민이 자신의 삶과 필연적으로 닿아 있다고 여긴 것
이다.

　안젤라는 피에르를 죽일 계획을 진지하게 짰다고 한다.
그리고 자기도 죽을 거라고. 피에르는 밤낮 술을 마시니
마음만 먹으면 보내버리는 건 한순간이었다. 문제는 피에
르가 아니라 안젤라였다. 수십가지 자살 방법을 생각했지
만 무엇 하나 마음에 들지 않았다. 그러다가 어느 순간 자
신이 미쳐가고 있다는 사실을 깨달았단다. 안젤라는 종종
찾아가던 정신과 의사에게 전화를 걸었다. 상태가 좋지
않은데 당장 볼 수 있냐고, 약을 처방받고 싶다고. 이대로

두면 정말 큰일이 일어날 것 같아 있는 힘을 모두 짜내 전화를 건 것이다. 의사는 잠시 망설이더니 아주 절박한 상태냐고 물었다. "그게 아니면 설 연휴 이후에 보는 게 어때요?" 의사가 말했다. "차가 막힐 것 같아서 고향에 일찍 내려갈 생각이거든요." 그해 설 연휴는 일주일 가까이 됐다. 씨발놈이…… 안젤라는 속으로 중얼거렸다. 그렇지만 그 상황에서도 노동윤리니 배려니 하는 것들이 떠올랐고 연휴 이후에 뵙겠다고 했단다. 아이러니하게도 정신과 의사에게 느낀 분노와 짜증이 삶을 지속하는 데 도움이 되어 몇주간은 버틸 수 있었다. 그러던 즈음 안젤라의 어머니가 암에 걸렸다. 어머니의 병은 안젤라를 수렁에서 끄집어내는 역할을 했다. 그전까지 소원했던 모녀 관계가 단박에 회복된 것이다.

"그것도 잠깐이었지만 말이야." 안젤라는 피에르와 관계를 정리하고 어머니가 있는 대전으로 내려가 일년을 지냈다. 어머니는 유방암이었고 육개월에 걸친 항암치료와 절제수술 끝에 회복할 수 있었다. 치료 기간은 평화로웠다. 심지어 처음 만난 날은 미안하다며 부둥켜안고 울기까지 했다고, 그전까지의 모녀 관계를 생각하면 상상할 수 없는 일이었다고 했다. "엄마는 나 때문에 경력을 망쳤다고 생각했거든." 안젤라가 말했다. "그리고 내가 자기 앞길을 망친다고 생각했고." 암 치료는 쉽지 않았지만 어머니에겐 새 남자가 있었고 그는 모녀 사이의 완충제 역할을 했다. "이상한 사람이었어." 머리카락은 네가닥밖에 없고 어릴 적 당한 사고 때문에 다리는 절고. 볼품없는 외모에 직업도 변변찮아 엄마가 왜 이 남자를 선택했는지 의문이었다고, 안젤라는 솔직하게 말했다. 하지만 그는 알수록 괜찮은 사람이었다. 누구나 가지고 있다고 생각한 욕심이나 질투, 피해의식이나 자격지심이 없었기 때문이었다. "나는 언제나 내가 뭔가 되어야 한다고 생각했거든. 삶을 더 사랑하고 연인도 더 사랑하고 일도 더 사랑하고." 하지만 그에겐 '더'라는 비교급이 없었다. 반면 안젤라의 어머니는 회복하자마자 안젤라에게 결혼이니 취업이니 하는 문제를 꺼냈고 안젤라는 다시 집을 떠나야겠다는 생각을 했다. 서울에 올라갈 생각을 하니 겁이 나기도 했지만 기대가 되기도 했다고, 치솟기 시작한 세로토닌 수치 때문인지 병간호를 하면서 열심히 읽어댄 책 때문인지 모르겠지만 뭔가 하고 싶은 욕구가 생겼다고 말했다.

지금 생각하면 그날 이후 안젤라를 자주 봤어야 하나 하는 아쉬움이 든다. 집도 지척이고 둘 다 마땅히 마음 붙일

데가 없었으니 말이다. 우리는 몇번 만나 커피를 마시고 예전 추억을 되새기며 영화를 보기도 했다. 그렇지만 즐겁지 않았다. 둘 다 머리가 굵어졌는지 생각이 굳었는지 영화를 보고 논쟁을 벌인 것이다. 그 뒤로 안젤라는 소식이 없더니 싱가포르에서 엽서를 보냈다. 일자리가 생겨 갑자기 떠났다는 거였다. 어떻게 소식을 전할까 고민하다 고전적인 방식을 택했다며 장난기 어린 어조로 안부를 물었다. 그때 나는 진지하게 만나는 사람도 생기고 새로운 일도 생겨 정신없이 바빴다. 심지어 등단까지 했던 것 같다.

그후 안젤라는 오랫동안 연락이 없었다. 도엽이를 만나면 가끔 안부를 묻긴 했지만 소식을 듣지 못했다고 했다. 안젤라는 인스타그램도 안 하고 트위터도 안 했다. 카톡 프로필 사진도 그대로였다.

안젤라에게 마지막으로 연락이 온 건 내 첫 책이 나오고 몇달 지난 뒤였다. 책은 진작 봤는데 이제야 전화한다는 식이었다. 안젤라는 싱가포르 생활을 정리하고 지금은 부산에 있다고 말했다. 지역 문화기관에서 일한다고 했고 우리는 역마살에 대한 시시풍덩한 이야기를 주고받았다. 예전엔 역마살이 액운이었지만 이제는 길운이라고, 떠돌아다닐 수 있는 건 행운이라고 말했지만 둘 다 진심은 아니었다. 나는 조금 까칠한 태도로 통화를 했다. 출간을 축하하는 안젤라의 칭찬을 있는 그대로 받아들이지 못한 탓이다. 안젤라는 니가 진짜 작가가 되다니 용하네,라는 투였다. 스물대여섯쯤이었나, 알아먹기 힘든 이상한 소설을 쓰고는 J. G. 밸러드에 대한 이해도가 없으니 이렇게나 내 소설의 가치를 몰라준다는 둥 툴툴댄 거 기억나느냐고 했다. "내가 안 되는 건 세상 탓이라는 식이었지." 안젤라가 말했다. 나는 그런 말을 한 기억이 없었다. J. G. 밸러드의 소설을 재밌게 읽은 적도 없었다. 나는 안젤라의 말을 반박하며 어찌됐건 과거는 중요하지 않다고, 문학은 끝났고 이 바닥은 망조가 들었으며 책을 내봤자 신통한 건 아무것도 없다고, 문단은 아첨꾼과 신경증 환자, 범죄자, 관료로 가득한 지뢰밭이라고, 나는 여길 뜰 거라고, 아직도 문학이라니 다들 미쳤다고 이죽댔다. 안젤라는 잠자코 내 말을 들어주었다. 듣기 싫을 게 분명했을 텐데 말이다. "그래도 부산 한번 내려와." 안젤라가 말했다. 나는 알겠다고 했지만 가지 않았다. 바쁘다는 핑계로 마흔살이 될 때까지 안젤라를 까맣게 잊고 지낸 것이다.

생각하면 안젤라의 형상이 이상하게 떠오른다. 처음 만났을 땐 이름으로 장난을 쳤다. 안젤리, 안젤리노, 안젤리카, 디안젤로…… 안젤라같이 멋진 애가 왜 도엽이와 사귀는지도 의문이었고 왜 우리와 같이 살게 됐는지도 의문이었다. 나는 캐묻지 않았다. 안젤라의 학교생활에 대해서도, 매일 새벽 들어오는 안젤라가 무슨 아르바이트를 하는지도 묻지 않았고 가출한 아버지에 대해서도 묻지 않았다(어른이 어떻게 가출할 수 있는지 의문이긴 했다). 언젠가 한번은 밤새워 대화를 나누기도 했다. 나는 바닥에 앉아 있었고 안젤라는 침대에 비스듬히 누워 차를 여러 잔 마시며 살아온 이야기를 했다. 나는 하자 있는 사람만 만났어, 수학여행을 가면 아무도 내 옆에 앉으려고 하지 않았지, 아빠는 입만 열면 거짓말을 했어, 한번은 거실에서 자위하는 소리를 들었어, 축구를 좋아하는 남자를 피해야 한다는 사실을 깨달았지, 소개팅은 최악이야, 『전태일 평전』을 처음 읽은 건 중학교 3학년 때, 나는 한번도 해외여행을 못 갔어, 나도. 우리는 우리에 대해 알기 위해, 알려주기 위해 이야기를 했다기보다 어디까지 이야기할 수 있는지 알려고 대화를 했다. 그때 나눈 이야기들이 내 이야기인지 안젤라 이야기인지 혼란스럽다. 하지만 안젤라는 모든 사람의 삶은 닮아 있는 것 같다고 말했다. 생판 다른 거 같고 이해할 수 없어도 사실 같은 거라고, 한 사람의 인생은 모든 사람의 인생이라고, 본질적으로 우리는 다를 게 없다고 말했다. 안젤라와 더이상 가깝지 않다는 사실이 이상하게 느껴질 때도 있다. 사람들과 멀어지고 가까워지는 걸 어떻게 할 도리가 없다는 건 인생의 신비 중 하나다. 아무리 애써도 썰물처럼 나를 둘러싼 모든 것들이 빠져나갈 때가 있는가 하면 목까지 차올라 숨 막힐 때도 있다. 안젤라가 알려준 것들을 소설에 반영하려고 한 적도 있다. 마지막 통화에서는 약물포르노그래피라는 이상한 철학에 빠졌다고 했는데 자궁 어택이니 하는 희한한 조합의 말들을 주워섬겼다. "꿈을 꿨는데 바르셀로나의 어느 출판사에서 마르크스의 잃어버린 시를 발견한 거야. 그래서 책을 출간하면서 나한테 편집을 의뢰한 거지." 책 표지에는 "폴 B. 프레시아도가 편집한 시를 포함한 마르크스 전집"이라는 문구가 들어갔다고 안젤라가 말했다. "폴 프레시아도가 꿈속에 나온 니 이름이야?" 내가 물었다. "아니야, 바보야." 안젤라가 대답했다. 그건 자기가 좋아하는 철학자의 이름이라고, 나는 지금 꿈에 대해 이야기하는 게 아니라 현실에 대해 이야기하는 거라고. 그치만 꿈 역시 삶의 형식 중 하나고, 우주의 영혼들과 교신하기 위한 통신수단이라고 말했다. 우주의 영혼은 외계인

30

이나 신 같은 게 아니라 어쩌면 될 수도 있었던 우리의 다른 모습이라고, 그리고 어딘가에선 진짜로 이루어진 모습이라고 했다.

여자친구에겐 말하지 않았지만 안젤라와 다시 만나는 게 기다려졌다. 로맨틱한 상황을 기대하는 게 아니라 평균 수명의 절반 정도 살았으니 전보다 여유를 가지고 대화를 할 수 있지 않을까 하는 생각이었다. 늙었다거나 인생에 대해 깨달았다거나 하는 축축한 대화를 나눌 생각은 없었지만 말이다.

4

처음 몇달은 안젤라의 전화를 기다렸던 것 같다. 냉큼 달려가서 확인하곤 했으니까. 그러나 안젤라는 파일을 찾으러 온다고 한 뒤 소식이 없었다. 먼지 쌓인 노트북과 외장하드를 보기 좋게 정리까지 해뒀지만 곧 다시 먼지가 쌓이기 시작했다. 혹시 몰라서 켜봤지만 컴퓨터는 부팅되지 않았다. 동료 작가에게 물어보니 하드디스크는 문제없을 거라는 답변이 돌아왔다. "하드만 복구 맡겨요." 나는 그러리라고 답변하고는 꼼짝도 하지 않았다. 번아웃인지 뭔지 때문인지 눈앞에 있는 일 말고는 손가락도 까딱하기 힘들었고 시간은 순식간에 지나갔다.

안젤라의 전화를 더이상 기다리지 않을 때쯤 인스타그램 DM이 왔다. 확인해보니 안젤라가 보낸 메시지였다. 어느새 인스타그램을 만든 모양인데 사진은 하나도 없었다. 자긴 지금 아테네에 있다고 했고 여건이 되지 않아 친구를 보낸다고 했다. "친구가 노트북을 받으러 갈 거야. 친절하게 대해줘."

안젤라의 친구는 그날 저녁 무렵에 왔다. 여자였고 갓 깎은 잔디처럼 짧은 백금색 머리에 피어싱을 여러개 하고 있었다. 옛날 사람 같기도 하고 요즘 사람 같기도 했다. 손을 다쳤는지 왼쪽 검지에 밴드를 감고 있었다. 고개를 까딱하며 인사를 했는데 음성이 가늘게 떨렸다. "안녕하세……" 나는 그녀를 집에 들이고 차와 커피 중 어느 게 좋으냐고 물었다. 차는 선물받은 괜찮은 물건이 있었다. 덴마크 왕실에서 인증받은 차라나. 친(구의)친(구)은 티 케이스를 보더니 티를 선택했다. 좁은 집 안에 바닐라향이 퍼졌다.

친친은 통성명 같은 건 꿈도 꿀 수 없을 만큼 말이 없었다. 내가 쌓아둔 노트북을 확인하고는 쭈그려 앉아 자그마한 드라이버를 꺼냈다. "여기서 분해하는 거예요?" 내가 물었다. 친친은 고개를 끄덕하고 거침없이 노트북을 해체하기 시작했다. 지금은 쓰지 않는 물건이지만 기분이 이상했다.

나는 멀뚱히 서서 친친이 하는 양을 지켜보았다. 친친은 빼낸 나사들을 하나씩 바닥에 늘어놓고 하판을 들어냈다. 곧 복잡한 내부가 드러났다. 친친은 선과 회로, 기판을 천천히 살피며 혼자 뭐라고 중얼거렸다. "쇼트… 모스펫… 16기가……" 귀를 기울였지만 무슨 말인지 알아들을 수 없었다. 나는 잠자코 기다리기로 했다. 마침내 파악이 끝난 듯 친친은 케이블을 분리하고 조심스레 하드디스크를 꺼냈다.

"이거……"

친친이 노트북을 가리키며 말했다.

"네?"

"써요?"

"아니요."

친친은 고개를 끄덕이더니 하판을 대충 결합했다. 하드디스크는 단단한 파우치에 넣고 노트북은 가방에 쑤셔넣었다.

"버려……" 친친이 말했다.

"네, 그렇게 해주시면 감사하죠."

친친이 자리에서 일어났다. 차는 살짝 입만 댄 상태였다. 아무래도 그냥 보내는 게 아쉽다는 생각이 들었다. 무슨 말이라도 건네야 하지 않을까. 마침 친친도 이대로 나가긴 어색한지 주춤하고 있었다.

"안젤라랑은 어떻게 아는 사이세요?"

"그냥……"

친친이 고개를 갸웃하더니 슥 미소를 지었다. 과거를 생각하니 우습기도 하고 정겹기도 하다는 듯 말이다. 그렇지만 미소는 나타난 것만큼 빠르게 사라졌다.

"큰 문제는 없죠?"

"네……"

"잠깐 있다 가시겠어요?"

"왜……?"

"저녁 먹으려던 참인데 같이 드셔도 되고요."

친친이 내 어깨 너머 주방을 봤다.

"요리를 한 건 아니고 피자를 시켰거든요."

내가 말했다. 왜인지 모르겠지만 부끄러웠다. 피자라

니, 이 친구야.

"어디⋯⋯?"

"네?"

"어디 피자⋯⋯?"

"아, 파파 존스요."

예상외로 친친은 고개를 끄덕이고는 식탁에 앉았다. 나는 앞접시와 컵을 꺼내 식탁에 놓았다. 곧 피자가 왔고 친친은 피클과 갈릭 디핑 소스 뚜껑을 땄다. 나는 컵에 얼음을 채우고 콜라를 따랐다.

한동안 쩝쩝대며 피자를 먹었다. 우리는 대화를 하지 않았지만 무슨 이유인지 자꾸 웃음이 났다. 나는 피자를 먹다가 그만 웃고 말았다. 그런데 맞은편을 보니 친친도 웃고 있었다.

광인들의 특징은 자신이 정신적으로 건강하다고 믿는 것이다. 정신병의 첫번째 증상은 자신이 미쳐가고 있는 건 아닌지 걱정하는 것이다. 그러나 문제는 정상인들도(그런 사람이 있다면) 위와 동일하게 생각한다는 데 있다. 그렇다면 둘의 경계는 어떻게 나뉠까. 자신의 위치를 알 수 있는 객관적인 방법이 존재할까.

나는 이 문제를 진지하게 생각하길 포기했다. 내 삶과 관계도 없으며 깊이 탐구하기엔 너무 많이 소비된 이야기라고 생각했기 때문이다. 이렇게 치환할 순 있다. 작가들의 특징 중 하나는 자신이 위대하거나 최소한 괜찮은 작가라고 믿는 것이다. 작가들의 또다른 증상은 좋은 글을 못 쓰(게 되)는 건 아닌지 걱정하는 것이다. 하지만 진짜 문제는 괜찮은 작가의 수가 턱없이 모자란다는 사실이다.

시어도어 스터전의 말대로 세상 모든 것의 구십 퍼센트가 쓰레기라면 내가 쓰레기(같은 작가)인지 아닌지 어떻게 알 수 있을까. 자신의 작품을 객관적으로 파악할 방법이 존재할까.

하지만 깊이 생각하지 말자. 깊이 생각한다는 것 자체가 병들었다는 증거니까. 나는 최근에야 생각하지 않는 법을 터득했다. 말보다는 행동, 생각보다는 실천, 이른바 수행적인 삶으로의 전환. 그런데 문득 이런 의문이 들었다. 나는 생각하지 않는 게 아니라 생각하지 않는 것을 생각하는 것 아닐까. 다시 말해 편집증을 의심하지 않기 위해 고도로 설계된 편집증, 스스로의 글을 불신하면서도 글쓰기를 지속하기 위해 고안된 메타-글쓰기.

조 칩은 나를 처음으로 주눅 들게 만든 친구였다. 우리는 초등학교 5학년 때 같은 반이었고 당시 나는 인생의 마지막 전성기를 구가하고 있었다. 나이에 비해 큰 키, 티끌 하나 없이 깨끗한 피부, 도덕 교과서 한 챕터를 통으로 외울 만큼 비상한 기억력과 상상 속에서 온갖 도형을 조립해내는 공간지각능력(이 모든 것은 중학교를 졸업할 즈음 신기루처럼 사라졌다). 때마침 아버지의 사업은 큰 성공을 거뒀고 어머니는 새로 이사한 정원이 딸린 집 내부를 바로크 양식의 가구로 채웠다. 새 학년이 되면 대부분의 친구들은 나를 반장으로 점찍었다. 그러나 이번엔 달랐다. 조 칩은 내가 가진 모든 걸 곱절로 가지고 있었다. 운 좋게 사업으로 돈을 벌었지만 고등학교도 졸업하지 않은 내 아버지와 달리 조 칩의 아버지는 운동권 출신의 치과의사였고 오래됐지만 정갈한 버버리 코트를 입고 학부모 면담을 온 그의 풍모에 다른 학부모들은 물론 버버리가 뭔지도 모르는 아이들까지 선망의 눈길을 보냈다. 무엇보다 조 칩에겐 여유와 관록이 있었다. 바짝 쫄아 있던 내게 먼저 친하게 지내자는 말을 건넨 것이다. 말투는 우아했고 웃음을 터뜨릴 때마다 살짝 밀려 올라가는 안경테의 움직임은 격조가 있었다. 겨우 열두살이었지만 정말 그랬다. 조 칩은 최신 유행인 무테안경을 끼고 있었는데 어른들 사이에서도 쉽게 볼 수 없는 물건이었다. 나는 아버지에게 무테안경을 사달라고 졸랐고 대구 동성로의 동아백화점에서 거금을 주고 새 안경을 맞췄다. 그러나 조 칩과 같은 분위기는 나지 않았다. 어른 흉내를 내는 애에 불과했던 것이다.

지금 생각해보면 조 칩은 그때 이미 대부분의 성장을

끝낸 건지도 모른다. 다른 사람들의 1.5배속으로 자라고 생각하고 행동하는 것처럼 어떻게 그럴 수 있었을까. 아버지의 교육 때문일까. 조 칩의 아버지는 교육철학이 확고했다. 유년 시절의 경험이 사상과 취향의 근간을 이루기 때문에 철저히 기반을 다져야 한다는 거였다. 조 칩은 아버지와 매년 유럽과 미주를 여행했고 유수의 뮤지엄과 오페라하우스를 방문했다. 대부분 나라에 친척과 지인이 있었고 아버지는 아들이 피아노와 기계체조에 뛰어난 재능이 있다고, 하지만 판사가 될 거라고 말했다. 조 칩 스스로도 그렇게 믿었는데 돌이켜보면 이상한 일이었다. 아버지는 한번도 법조계의 인물을 좋게 말한 적이 없었기 때문이다. 조 칩의 아버지는 자식이 윤리적이고 비판적인 동시에 부와 명성도 얻길 원했다. 자신처럼 서울대를 나왔지만 학력 위주의 사회를 비판할 줄 아는 사람, 사교계에서 부르주아와 어울리지만 집에 돌아와서는 홀로 예술의 세계에 침잠할 수 있는 사람. 팔십평이 넘는 조 칩의 아파트에는 하이엔드 오디오와 LP 컬렉션이 가득했다. 나를 비롯한 얼빠진 친구 몇몇은 거실의 황갈색 소파에 앉아 조 칩의 아버지가 내려준 커피를 마시며 태어나서 처음으로 오페라의 아리아를 들었다. 수십년이 지난 뒤 조 칩은 그 노래가 「니벨룽겐의 반지」의 'Bin Ich nun frei'나는 이제 자유인가라고 알려줬다.

"개똥같은 취향이지." 조 칩이 말했다.

조 칩의 본명은 조윤이다. 조 칩은 이십대 초반 만든 활동명이다. 처음에는 조 칩이라는 이름이 어색했지만 몇년 지나자 본명이 기억나지 않을 정도로 익숙해졌다. 외모에서도 과거의 흔적이 거의 보이지 않았다. 과거에는 유럽 그랜드 투어 중인 귀족 자제 같은 풍모였다면 이제는 볼장 다 본 컬트 공동체의 일원으로 내일 자살해도 이상하지 않을 침울함을 풍겼다. 조 칩의 침울함에는 날카롭고 병적인 무언가가 있었다. 직접적으로 누군가를 위해하진 않지만 어둠 속에서 끊임없이 칼을 휘두르고 있는 것 같은, 그 대상이 자신인지 타인인지 아니면 그저 어둠 자체인지 알 수 없는 그런 것이었고 나는 두려움과 연민, 외면하고 싶은 마음을 동시에 느꼈다.

무엇이 그를 변하게 했는지 모르겠다. 나와 조 칩은 초등학교를 졸업할 때까지 가깝게 지냈지만 이후에는 소식만 들었다. 고등학교를 자퇴를 했다는 이야기를 들었고 (선생에게 커터칼을 휘둘렀다는 소문이 돌았다) 뉴욕으로 이민 갔다는 이야기를 들었고(유학생 사회에서 코카인 공급책이 되었다고 했다) 홍대에서 익스페리멘탈 밴드를 결성했다는 소식을 들었다. 조 칩을 다시 만난 건 그즈음이었다.

당시 나는 스물다섯이었고 와우산로의 반지하방에 살고 있었다. 집안은 일찌감치 망했고 부모는 각자의 삶을 찾아 떠났으며 어린 시절 친구들은 더이상 말이 통하지 않았다. 예대생이었던 나는 서울이라는 도시와 그곳에서 만난 예술계 주변부 사람들에 적응하기 위해 무던히 애를 썼다. 하지만 언제나 그렇듯 원하는 건 이루어지지 않는 법이다. 어쩌다 알게 된 한 녀석은 영화감독인지 연극연출가인지가 될 거라며(둘을 구분하지 못했다) 사람들에게 자기가 쓴 시나리오를 들려줬다. 말의 몸속에 들어간 외계생물이 인간을 강간해 지구를 정복하는 내용이었나 그랬다. 다행히 촬영은 못한 것 같았다. 감옥에 가진 않았으니 말이다. 그는 말문이 막히면 가방에서 늘 들고 다니던 데리다의 『해체』를 꺼내곤 했다. 왜 그걸 꺼내는지 아무도 몰랐지만 다들 고개를 끄덕이며 책을 한번씩 들여다봤다.

조 칩은 해체주의자가 주최한 파티에 있었다. 홍대의 클럽인지 바인지에서 열린 파티였는데 그땐 매주 정체를 알 수 없는 파티가 열렸다. 어중이떠중이들이 모여 낯 뜨거운 뭔가를 지껄이곤 했던 것이다.

골상이 드러날 정도로 마른 조 칩은 짙은 화장에 피어싱을 했고 쉬지 않고 다리를 떨었다. 앞서 말했듯 외형이 변한 탓에 알아보지 못했다. 무심코 지나는 나를 부른 건 그였다. 순간 시비가 붙었나 하는 생각을 했다. 이런 장소에는 눈만 마주쳐도 달려드는 포식자들이 있기 마련이니까. 조 칩은 그런 속내를 눈치챘는지 히죽 웃으며 내 어깨를 쳤다. "긴장 풀어." 그는 내 소식을 들었다고 했다. "영화 공부를 한댔나. 니가 예술을 할 거라곤 상상도 못했는데." 조 칩이 말했다.

우리는 사람들 틈에 섞여 그동안 있었던 일들을 이야기했다. 건너 들었던 소문을 묻진 못했지만 대충의 삶은 짐작할 수 있었다. 조 칩은 고등학교를 자퇴하고 아버지에게 떠밀려 뉴욕에 갔다가 각성(조 칩의 표현이다)했단다. 지금은 홍대 미학과에 다니며 밴드를 하는데(멤버가 몇명이냐고 묻자 혼자라고, 당연한 거 아니냐는 식으로 대답했다) 시간 나면 스튜디오에 놀러오라고 했다. 친구들과 함께 사용하는 작업실 겸 스튜디오로 가끔 거기서 의식도 한다는 거였다. "무슨 의식?" 내가 물었다. 조 칩이 내 등을 툭 쳤다. "새끼, 여전하네."

그게 다였다. 희미한 과거를 제외하곤 서로에게 공통점이 없다는 사실을 알게 된 것이다. 해체주의자께서 납시어 잠깐 이야기를 더 하긴 했다. 해체주의자와 조 칩은 안면이 있는 듯했다. 둘은 생소한 이름들을 말밥에 올렸다. 가만히 들어보니 작가나 예술가들 같았다. "넌 누구 좋아하는데?" 조 칩이 물었다. 그즈음 한참 빔 벤더스에 빠져있었던 것 같다. 「파리, 텍사스」가 좋았다고 하자 조 칩이 히죽 웃었다. "아." 그때 조 칩의 표정이 잊어지지 않는다. 그래, 아이구, 빔 벤더스를 좋아해? 귀여워라, 뭐 이런 식이었던 것 같다. 얼굴이 화끈 달아올랐지만 뭐라고 할 말이 없었다. 내가 왜 부끄러운지 이유도 알 수 없었으니 말이다.

그날 파티장에서 나와 홍대 주변을 한참 걸었던 것 같다. 여름밤이었고 거리는 인간들로 가득했다. 인도를 넘어 도로를 장악한 술 취한 젊은이들이 주변을 흘깃거렸고 낮은 스피커 출력 탓에 소리 깨진 음악이 거리를 메웠다. 나는 이곳을 떠야 한다고, 여기선 아무것도 안 될 거고 평생 적응 못하고 혼자 지낼 거라고 생각했지만 갈 곳도 갈 방법도 없다는 사실을 알고 있었다. 삶에 무슨 일이 일어나길 바라지만 정해진 길을 가는 것 말고는 할 수 있는 일이 없었다. 낮에는 낯선 곳을 돌아다니고 밤에는 사람들 틈에 섞여 우연이나 운명과 마주치길 원하지만 그럴수록 혼자라는 생각이, 아무도 나를 이해할 수 없다는 생각이 강해졌다.

이후 한동안 조 칩을 보지 못했다. 그도 나도 서로에게 연락하지 않았다. 그렇지만 동교동에 있는 조 칩의 스튜디오까지 몇번 찾아가긴 했다. 집에서 걸어서 이십분도 안 걸리는 거리였다. 차마 스튜디오 문을 두드리진 못하고 주변을 한참 맴돌았다. 만나봤자 또 창피만 당할 것 같다는 생각이 들었다.

포털에 조 칩의 이름을 검색해보기도 했다. 게시물이 몇개 떴다. "나의 드럼 비트는 백악기쯤 시작됐다……", "결국 사고와 지성은 외부를 향해 방출되는 전파……" 게시물에는 MP3 파일이 첨부되어 있었다. 조 칩은 CD 같은 물질적인 매개체로 음반을 내는 걸 반대했다. 현재로서는 방법이 없으니 파일을 배포하지만 궁극적으로 MP3 플레이어나 컴퓨터 같은 기술 매체가 아닌 생물학적 유기체를 통해 직접 음악을 전달할 거라고 어떤 팬과의 인터뷰에서 말했다. MP3 파일명은 'ΔΘΓΛ'였다. 음악은 소음에 가까웠다. 베이스로 깔린 주술적인 비트 때문에 계속 듣고 있으니 구역질이 났다.

낮술은 JS가 좋아하지 않는 것 중 하나였다. 점심에 반주를 걸치거나 오전부터 위스키나 와인을 찾는 친구들이 있었고 그들을 생각하는 것만으로 몸에서 술 냄새가 나는 것 같았다. 하지만 언제부터인지 JS도 술을 마시고 있었다. 밤에도 낮에도, 그는 매일 와인을 마셨다. 처음에는 건강을 위해 마신다고 생각했고 지인들에게도 그렇게 말했다. 우리 나이쯤 되면 하루 와인 한잔 마시는 게 혈액순환에 좋아. JS가 마시는 와인은 보통 와인이 아니었다. 뭐든 하나에 꽂히면 깊게 파고드는 그답게 와이너리와 빈티지를 꼼꼼히 따졌고 와인을 일종의 예술이라고 생각했다. 그런데 이젠 뭐가 뭔지 모르겠다. 솔직히 말하면 더이상 와인향을 구분하기 힘들었다. 후추향이라고 생각했던 게 헤이즐넛향이었고 타닌에서 단맛이 느껴지기도 했다. 그가 가장 즐기는 산지오베제 품종의 와인은 1999년 토스카나에서 처음 제조됐을 때부터 마셔오던 것이었다. 매년 피렌체 인근 빈칠리아타의 와이너리에 직접 방문해 시음하고 주문하는 과정을 거쳤다. 그렇지만 이제 편의점에서 산 호주 와인과 산지오베제 와인(아내는 아직도 산지오베제를 산베오제라고 한다)의 맛을 구분하지 못했다. 하지만 JS는 계속 와인을 마셨다. 낮이고 밤이고 계속. 그의 병원을 찾은 몇몇 환자들은 JS에게 술 냄새가 난다는 사실을 눈치챘다. 마스크를 하고 향수를 뿌리고 마취제, 소독약 냄새로 병원을 가득 채워도 기가 막히게 알아채는 사람들이 있었다. JS는 그들이 술을 마시지 않거나 자신처럼 시도 때도 없이 마시는 사람이라고 생각했다. 그들이 발길을 끊고 저 의사는 술에 취해 신경치료를 한다고 소문내도 신경 쓰지 않았다. 간호사들은 JS가 찬장에, 데스크 아래 와인을 숨겨놓고 마신다는 사실을 눈치챘다. 그러나 아무 말도 하지 않았다. 그 사실을 입에 올리는 순간 위태로운 줄타기를 하고 있는 병원이 무너지리라는 사실을 그들은 알고 있었다. 말하지 않으면 아무 일도 일어나지 않은 것이다. JS는 간호사들과 마지막으로 나눈 대화가 언제인지 가물가물했다. 그들의 결혼식에도 가고 돌잔치에 선물도 주고 그랬는데. 간호사의 아이가 몇살이었더라. 초등학교에는 입학했나. 간호사의 아들이 그에게 검진을 받으러 온 날(JS가 고집한 일이었다) JS는 그애가 대학생이라는 사실을 알았다. 영국의 해안도시 본머스로 어학연수를 갈 거라고 했다. JS에게도 아들이 있었다. 내 아들도 유학을 갔었지, 영국에도 몇번이나 여행을 갔다네. 본머스 거기는 어딘지 모르겠지만, 분명 좋은 데겠지. 하지만 공부를 하려면 런던에 가야되지 않겠나. 간호사는 고개를 끄덕였다. 아드님 이야기는 많이 들었어요. 못 본 지 한참 됐네요. JS는 병원 뒷골목에 있는 오래된 단골 일식집에서 저녁을 먹었다. 옆 테이블의 젊은 사내 둘과 동석해 사케를 마셨고 몸이 후끈 달아오르자 오후 동안 지속됐던 우울한 기분이 잦아들었다. 그러나 JS가 그중 피부가 하얀 녀석의 손을 만지자 그들은 욕을 하며 나가버렸다. 아들이 생각나서 그랬는데 오해한 것 같았다. 그의 아들은 수재였지만 유학에 실패했고 대학원 과정을 포기했고 아무것도 되지 않았다. 서울의 어느 오피스텔에 살고 있는데 못 만난 지 이십년은 된 것 같았다. 녀석이 원래 계획대로 과학고를 갔다면 어땠을까. JS는 아들의 인생이 어디서부터 잘못된 건지 생각해보곤 했다. 계산이 맞는다면 녀석은 마흔이 다 된 나이일 것이다. JS는 아들에게 매달 생활비를 보냈지만 얼마나 오랫동안, 어느 정도의 돈을 보냈는지 잊었다. 아내에게 맡겨버린 탓이었다. JS는 이제 아들을 데리고 올 때라는 사실을 깨달았다.

지금 자신이 처해 있는 상황을 안다면 녀석도 이해해주리라. 죽음을 생각하기에 이른 나이였지만 JS는 삶이 얼마 남지 않았다는 사실을 알았다.

아내는 주방에서 한참을 나오지 않았다. JS가 집에 들어왔을 때도, 잠깐 이리 와보라고 거실에서 불렀을 때도 알겠어요, 대답만 했지 나올 생각을 안 했다. 이제 아내도 실패한 인생이라는 사실을 인정해야 한다. JS는 아내가 지나치게 자신만만하고 활달한 게 마음에 들지 않았다. 작고 동글동글한 외모의 그녀는 예순이 넘어서 이름을 아름으로 개명했다. 그녀의 이름은 지숙이었고 JS는 거기에 아무런 불만도 없었다. 아름이 당신 나이에 가당키나 하냐고 JS가 말하자 지숙은 안방의 화장실에 틀어박혀 나오지 않았다. JS는 다들 이름 가지고 왜 이 난리인지 알 수 없었다. 지숙은 자신이 오랜 시간 아름으로 살아왔다는 걸 몰랐느냐고 말했다. JS는 그건 또 무슨 뚱딴지같은 소리냐고 받아쳤다. 지숙은 블로그와 페이스북을 보여줬다. 거기엔 지숙이 아니라 아름이 있었다. "사람들은 저를 진지숙이 아니라 진아름으로 알고 저도 그렇게 생각해요." 그녀가 말했다. JS는 자신이 모르는 사이에 누군가 (어떤 집단이) 아내를 바꿔버린 걸지도 모른다고 생각했다. 지숙이 아름으로 이름을 바꾸고 몇년이 지난 뒤, 거실에 홀로 앉아 호두를 까던 중 갑자기 든 생각이었다. 그는 작은 나무망치로 호두 껍데기를 깨고 있었다. 나무망치는 후배에게 선물받은 것으로 익산의 장인이 만든 고급스러운 수제 망치였다. 작은 크기에 비해 놀라울 정도로 그립감이 좋았다. 지끈 소리와 함께 호두가 깨졌다. 합리적으로 생각했을 때 지숙이 자신이 결혼한 그 여자일 리 없다. 그녀는 말 한마디 한마디 행동거지 하나하나 신중한 여자였다. 경남 출신인데 사투리를 쓰지 않는다는 사실도 인상적이었다. 말을 길게 하지 않아서 티가 나지 않은 거라는 사실을 나중에야 알게 됐지만 말이다. 하지만 어떤 집단이 지숙을 바꿔치기했다는 건 말이 되지 않는다. 그렇게 닮은 사람이 있을 수 없는 노릇이다. 숨겨둔 쌍둥이라도 된단 말인가. 그렇지만 JS는 과거 사진을 뒤져보며 지숙이 아름과 닮지 않았다는 사실을 알 수 있었다. 노화나 성형수술 탓이라고 생각할 수도 있지만 그런 문제가 아니었다. JS는 그녀와 사십여년을 살았고 표피적인 무언가가 아닌, 그녀 깊이 있는 무언가, 심성이 묻어나는 손동작과 말투, 사고의 메커니즘이 생활에 번지는 요소들로 아내를 알아볼 수 있었다. 저 물건, 지금 주방에서 꿈쩍거리고 화장실에서 방귀를 뀌는 저 물건이 지숙일 리 없어. JS는 생각했지만 사람들에게 말하진 않았다. 그 정도 사리분별은 할 수 있었다. 이 사실은 오직 자신과 아름만 알 것인데, 아름이 잡아떼면 궁지에 몰리는 건 순식간이기 때문이었다. JS는 호두를 깨며 슬며시 삐져나오는 웃음을 참을 수 없었다. 내가 속을 줄 알았겠지만, 나는 속지 않았다. 이 싸움에서도 내가 승자다. 호두 껍데기가 카펫 위로 떨어졌다. JS는 껍데기를 주우며 그럼 내 아내는 어디로 갔지, 생각했다. 자발적으로 사라진 건 아닐까. 지숙은 아들과 함께 있을지도 모른다. 그들 간에 ─ 지숙과 아름, 조윤 사이에 모종의 거래가 있었는지도 모른다. 내 돈으로 자기들이 원하는 바를 이루려고 수작을 꾸미고 있는 걸지도 몰랐다.

아내는 알약을 가루로 빻고 있었다. 식탁 위에는 JS가 오늘 아침 오픈한 와인 병이 있었다. 분명 셀러에 넣어뒀는데 식탁에 올라와 있었다. 아내는 와인 병과 알약 사이를 오가며 몹시 수상쩍은 행동을 하는 것 같았다. JS가 주방에 들어오자 아름이 화들짝 놀랐다. "여긴 왜 왔어요?" JS가 와인 병을 들여다봤다. 병 주둥이에 가루가 묻었는지 확인하려고 했지만 흔적을 찾을 수 없었다. "저도 한

잔 마셔보려구요." 아내가 말했다. "그건 뭐야?" JS가 흰 가루를 가리켰다. "수면제예요." 아내가 눈살을 찌푸리며 대답했다. 뻔한 걸 왜 묻느냐는 투였다. 그녀가 수면제를 복용한 지 십수년도 더 됐다는 사실을 JS도 알고 있었다. JS가 궁금한 건 멀쩡한 알약을 왜 빻고 있느냐는 거였다. "알약을 못 삼키잖아요." 새삼스럽게 왜 그러냐는 듯 아내가 말했다. 자기는 어릴 때부터 이렇게 약을 먹었다고, 신혼 땐 당신이 빻아주기도 했는데,라고 했다. JS는 처음 듣는 이야기였다. 이 여자가 드디어 미쳤구나,라는 생각이 들었지만 이 여자는 지숙이 아니니까 충분히 있을 수 있는 일이다. 문제는 이 가루가 진짜 수면제인지, 아니면 다른 무언가이며 그걸 내게 먹이려고 와인에 넣고 있었는지 여부였다. JS는 중지로 흰 가루를 살짝 찍어 혀끝에 갖다 댔다. 무슨 약인지 알 수 없었다. JS는 아내에게 약을 먹어보라고 말했다. "이게 진짜 수면제고, 당신이 먹을 생각이었다면 지금 먹어도 괜찮겠네." "무섭게 왜 그래요." 아름이 서둘러 약을 챙겨 침실로 갔다.

다음 날 아침, JS는 병원에 들러 모든 예약을 취소하고 차를 몰고 동대구역으로 갔다. 장기주차장에 차를 세운 그는 초조한 심정으로 담배를 피웠다. 하루 만에 돌아올 생각이었지만 어떻게 될지 모른다는 예감이 들었다. 아들이 나를 따라 오지 않겠다고 하면 어쩔 것인가. 설득이 되더라도 서울의 신변을 정리할 시간이 필요할지도 몰랐다.

KTX에는 사람이 많지 않았다. 그는 창밖의 단조로운 풍경을 봤다. 과거에는 훨씬 느린 속도로 풍경이 우리를 스치고 지나갔다. 지금은 가까이 존재하는 것들이 형체를 알아보기 힘들 정도로 빠르게 사라진다. 멀리서 봐야지만 온전히 알 수 있는 것이 있다. JS는 앞자리에 앉은 여자가 통화하는 소리를 들었다. "자살했잖아. 진짜 비겁하지." 어떤 정치인의 죽음에 대한 이야기였다. JS는 몸을 뒤척이는 척하며 앞좌석을 발로 찼다. 고래로 정치인들은 자살을 했다. 살아서 치욕을 당하기보다 죽는 것이 영광스러운 선택이다. 그런 뉴스를 본 기억이 났다. 중국의 곰 사육장에서 어미 곰이 자식 곰을 물어 죽인 뒤 벽에 머리를 찧어 자살했다. 곰 사육장은 곰들을 자그마한 우리에 가두고 때가 되면 호스를 꽂아 조금씩 쓸개즙을 빼내는 곳이었다. 나이가 차면 죽여서 쓸개를 도려낸 후 양지에 건조시켜 약재로 팔았다. 웅담은 이를 일컫는 말이다. 어미 곰은 철창을 찢고 탈출했지만 도망치지 않았다. 우리에 갇힌 자식 곰을 죽인 후 벽에 몸을 날린 것이다. JS는 처음에는 가짜뉴스라고 생각했다. 동물에게 감정이입하기 좋아하는 환경단체에서 꾸며낸 이야기다. 하지만 곰의 형상이 머릿속을 맴돌았다. 거대한 영혼처럼 숲을 지배하던 곰들이 구름처럼 하나씩 사라졌다. 짐승에게는 과거와 현재, 미래라는 개념이 없을 것이다. 모든 것이 현재라면 곰은 숲에 있었고 지금은 철창에 있는 것뿐이다. 그럼에도 불구하고 곰은 알 수 있었다. 그들의 삶이 정상이 아니라는 사실을. 누군가 삶을 강탈했다는 사실을 알 수 있었고 저항할 방법이 없다는 사실을 알 수 있었다. JS는 앞좌석을 두어번 더 찼다. 여자는 일어나서 재빨리 통로를 걸어 밖으로 나갔다. JS는 턱을 괴고 여자를 빤히 쳐다봤다. 어떻게 생겼는지 보려고 했지만 여자는 고개를 돌리지 않았다.

이쯤에서 JS가 서울을 싫어한다는 사실을 언급할 필요가 있을 것 같다. JS는 수도나 대도시를 천박한 사람들이 사는 곳이라고 생각했다. 그들의 지적 수준이나 경제력과 무관하게 대도시에 사는 것은 속물성을 드러내는 짓이었다. 지하철은 궁핍한 사람들이 타는 것이다. 뉴욕, 런던, 파리, 로마 어느 도시를 가도 유사한 광경을 볼 수 있다. 땅 밑으로 다니거나 땅 밑에 사는 사람들은 떳떳하지 못한 부류였다. JS는 그들을 동정했지만 그들과 섞이고 싶지 않았고 그들이 그렇게 사는 이유가 있다고 여겼다. 서울역광장에 비가 흩뿌리기 시작했고 계단에 있던 사람들은 손등으로 하늘을 가리고 도망쳤다. JS는 서울역에서 지하철 4호선을 탔다. 무의식적인 선택이었다. 습기 찬 차량에 탑승하는 순간 후회가 밀려왔지만 자신 앞에 앉아 있는 젊은 여자를 보고 마음이 안정됐다. 이 친구처럼 생기 넘치는 아가씨가 며느리였으면 하는 생각이 든 것이다. 살짝 빗물에 젖어 가라앉은 머리칼이 그녀를 더 차분하고 내면에 집중할 줄 아는 사람으로 보이게 했다. 그녀와 자신은 같은 역에서 같은 호선으로 갈아타고 같은 역에 내려 같은 출구로 나가게 되리라. 같은 골목을 지나 같은 횡단보도를 건너고 같은 건물에 이르렀을 때 그녀도 그도 당황할지 모른다. 아들은 우리가 같이 왔다는 사실에 당황할 것이다. JS는 우연히 마주쳤다고 말할 것이다. 서울역에서부터 지하철을 같이 탔는데 이 아가씨가 며느리라는 사실을 몰랐구나, 말할 것이고 그녀는 수줍지만 이 우연을 기쁘게 맞이하며 예의바른 인사를 건넬 것이다.

하지만 그런 일이 일어나지 않으리라는 사실을 JS는 알았다. JS는 젊은이들 틈에 끼여 홍대입구역에 내렸고 개

미들이 줄지어 가듯 계단을 올라 출구로 향했다. 한 녀석이 그의 손을 쳐 우산을 떨어뜨렸지만 사과는 없다. JS는 셔츠 앞주머니에서 안경을 꺼내 쓰고 지도를 확인했다. 아들의 집까지 걸어서 이십분이 걸렸다. 거리는 쓰레기와 사람들로 지저분했고 간판의 글씨는 못생겼고 가판대의 물건도 못생겼으며 사람들 역시 하나같이 못생긴 얼굴들이었다. 미적인 관점에서가 아니라 인격적인 관점에서, 교양이 땅에 떨어졌음을 알 수 있었고 이들은 더이상 어떠한 믿음도 없이 그게 문제라는 사실도 모른 채 싸구려 술안주를 앞에 두고 연예인에 대한 가십을 주고받을 것이다. 하지만 JS는 다른 세상이 있다는 사실을 알았다. 이런 얼굴로 가득한 거리가 아니라, 주어진 능력에 충실하고 양심의 힘을 믿고 가족의 가치를 아는 얼굴이 있을 것이다. 아들의 자리가 그곳임은 말할 것도 없었다. 아들은 세상에서 가장 아름다운 것들을 보고 자랐고 선천적으로 좋은 기운을 타고났다. JS의 대학 동기인 음악평론가는 쉰 중반에 중풍으로 쓰러졌고 이혼을 당했고(그의 첫 번째 부인은 그를 완전히 작살냈다) 파산 신청을 했지만 주역을 공부하며 다시 일어섰다. 그의 유튜브 채널은 구독자가 십만명에 달했다. 그가 아들에 대해 말하길 "초육

효는 서리를 밟으면 단단한 얼음이 이른다" 하였다. JS는 무슨 말인지 몰랐고 대학 동기 녀석은 해석해주지 않았다. 단지 아들을 동류들과 멀리 있게 하여 좋은 길로 이끌라고만 했다. 하지만 그걸로 충분했다.

JS가 나를 자신의 아들과 동류로 생각했는지는 잘 모르겠다. JS는 나를 아들로 착각했다. 그가 벨을 눌렀을 때 내가 문을 열었기 때문이다. JS는 "잘 있었냐"고 하더니, 영문을 모르고 있는 내 손을 잡고 집에 가자고 말했다. 그의 손은 땀으로 흥건했고 시퍼렇게 물든 입술은 떨리고 있었다. 나는 그가 조 칩의 아버지라는 사실을 깨달았다.

"조 칩은 잠깐 나갔어요."

"헛소리는 집어치워." JS가 말했다. "어서 가자."

"죄송한데, 저는 윤이 친구고요, 윤이는 조금 이따 들어올 거예요." 나는 조 칩을 윤으로 바꿔 말했다. 그 편이 나을 것 같았다.

"니가 지금 여기 있는데 무슨 소리냐."

"저는 아드님이 아니라 친구예요."

"너희 엄마가 많이 아프다. 너는 그걸 알아야 돼."

"아, 그러면 제가 윤이 찾아올게요."

말이 안 통하겠다는 생각에 몸을 빼려고 했지만 JS는

손을 놓지 않았다. 축축한 손에 더 힘을 줬고 손이 아파오기 시작했다. JS의 입에서 고약한 냄새가 났고 얼굴은 땀인지 빗물인지로 얼룩덜룩했다.

"니가 뭐래도 너는 내 아들이야." JS가 말했다.

이쯤 되면 어떻게 자기 아들 얼굴도 몰라보는지 의문일 수 있지만 따지고 보면 그렇게 이상한 일도 아니었다. 나는 혼자 조 칩의 집에 있었고 나이와 키도 비슷하니까 오랫동안 아들을 보지 못한 JS가 충분히 착각할 수 있는 상황이었다. 하지만 비슷한 건 나이와 키밖에 없었다. 나와 조 칩을 나란히 세워놓으면 조금도 닮지 않았다는 사실을 누구나 알 수 있을 것이다. 친구라는 사실이 어색할 정도로 우리는 달랐다. 내가 그와 다시 친구가 되었다는 사실 역시 어색한 일이지만 말이다.

조 칩을 다시 만난 건 마포구청에서 있었던 민방위 교육에서였다. 조 칩처럼 초자연적인 존재가 민방위훈련을 받는다는 사실이 다소 아이러니하게 느껴지지만 조 칩은 분명 그 자리에 있었다. 교육장에서는 인공호흡과 반공 훈련과 대테러 대비 방송이 한창이었다. 민방위 대원들은 조국과 가족, 거주지를 지킨다는 숭고한 의무를 잊고 각자의 자리에 곤히 잠들어 있었다. 나는 에어팟을 끼고 넷플릭스로 호러 영화를 봤다. 조 칩은 내 뒤에 있었고 처음부터 나를 지켜봤다고 했다.

"넷플릭스?" 조 칩이 말했다. "그거 보면 뇌가 썩어."

조 칩은 넷플릭스는 물론 인터넷도 하지 않았고 스마트폰도 없었다. 디지털 디톡스니 어쩌니 하는 말을 했지만 조금 어색함이 가시자 속내를 털어놨다. "조종당할 수도 있어."

조 칩은 개인정보 수집을 기초로 한 감시자본주의의 최종 목적이 자유의지의 절멸이라고 했다. 농담인 줄 알았는데 정말 그렇게 믿는 것 같았다. 그러나 자신의 생각을 고집하진 않았다. 내가 반론을 제기하면 침묵을 택했다. 히죽 웃으며 어깨를 툭 치고는 새끼, 여전하네, 하는 것이었다.

조 칩은 그 무렵 자신의 생각이 다른 사람들에게 들린다는 망상에 빠져 있었다. 신체가 하나씩 퇴화하고 쪼그라들어 궁극에는 사라질 거라고 했다. 여기엔 나름의 이론이 있었다. 생명이 자신을 생명으로, 하나의 유기체로 선포하는 것은 세포막을 형성할 때다. 세포막은 세계와 자신의 경계를 만든다는 의미다. 경계는 존재를 세계와 유리시키지만 그 덕분에 자족적인 활동이 가능해진다. 조 칩의 생각이 판유리로 덮인 진열장의 사물들처럼 외부로 드러나는 것은 경계가 흩어지고 있다는 증거였다. 사력을 다해 경계를 붙들지 않으면 조 칩은 낱낱의 미립자로 쪼개져 사람들 틈으로, 세계 속으로 흡수되고 말 것이다. 한동안은 음악 활동이 해체의 과정을 막아줬다. 모든 사고 과정은 뇌파의 형태를 띠고 뇌파는 전파의 일종으로 유기체 사이를 옮겨 다닌다. 조 칩의 음악은 이를 급진화한 것이었고 이것이 역설적으로 그의 경계를 지켜주었다.

물론 나는 조 칩의 이론을 믿지 않았다.

홍대 파티 이후 십년 만에 만난 조 칩은 여전히 일그러진 모습이었지만 전처럼 화장을 하거나 요란하게 꾸민 모습은 아니었다. 후드티에 모자를 쓰고, 바싹 마른 피부에 말수가 적었다. 서교동의 오피스텔에 살았고 막노동을 하며 생계를 해결한다고 했다. 막노동을 하기에는 그의 몸이 부실해 보였지만 캐묻진 않았다.

음악은 그만뒀다고 했다. 아주 조금씩 책을 읽고 CD를 듣고 생각을 노트에 기록하는 게 그가 하는 활동의 전부였다. 조 칩은 내 책을 봤다고 말했다. "작가가 됐잖아, 니가."

조 칩에겐 핸드폰이 없기 때문에 그를 만나기 위해선

집에 무작정 찾아가는 수밖에 없었다. 조 칩이 내 집을 무작정 찾아오거나. 내가 그의 집에 갈 땐 그냥 들어가면 됐다. 조 칩은 문을 잠그지 않았다. 잠가도 아무 소용이 없다는 거였다. "그들은 사물의 너머를 볼 수 있거든." "그들이 누군데?" 조 칩이 내 어깨를 잡고 말했다. "몰라도 돼." 그는 종종 와우산로의 집 앞 골목에서 나를 기다리곤 했다. 자정 무렵 그와 마주친 적도 있는데 대여섯시간을 기다렸다고 했다. 잠깐이라도 들어가자고 했지만 조 칩은 고개를 저었다. "괜찮아, 목요일에 다시 들를게."

해줄 수 있는 건 아무것도 없었지만 어떤 의무감에 그를 만났던 것 같다. 우리는 서너달에 한번씩 만났고 시시콜콜한 이야기를 주고받았다. 조 칩은 주로 과거에 만났던 연인 이야기를 했다. 진짜 좋아했던 여자가 있었다고, 그런데 자기가 다 망쳤다고 말했다. 발기가 되지 않았던 탓이란다. 그녀는 상관없다고, 같이 해결할 방법이 있을 거라고 했지만 조 칩 스스로 그녀를 떠났다. 가족 이야기는 거의 하지 않았고 가끔 자신의 철학에 대해서 말했다. 옛날에는 뇌파가 광선의 형태로 보이거나 나지막이 속삭이는 목소리로 찾아오기도 했다. 병원을 다니며 약을 먹은 뒤로 그것들이 사라졌지만, 그렇다고 모든 것이 가짜는 아니라고 믿는다고 말했다.

한번은 세브란스병원 응급실에서 전화가 왔다. 조 칩이 지하철에서 기절했고 깨어서는 후견인이라며 내 번호를 알려줬다는 거였다. 급하게 가보니 의외로 멀쩡한 상태였다.

"왜 내 번호를 알려준 거야?"

"너희 집이랑 가깝잖아." 조 칩이 말했다.

나는 조 칩에게 어릴 때 니가 내 롤 모델이었다고 말했다.

"지금은?" 조 칩이 물었다.

"지금은 당연히 아니지." 내가 말했다.

JS는 지금 상황이 이해되지 않았다. 아들은 자신이 아들이 아니라고 하고 처음 보는 사람이 나를 증오에 찬 눈으로 쏘아보고 있었다. 아들은 그가 진짜 내 아들이라고 말했다.

나와 조 칩, JS는 주방에 접해 있는 홈바에 앉았다. JS는 술을 찾았다. 조 칩은 찬장을 뒤지더니 와인을 꺼냈다.

처음에 어떤 말들이 오갔는지 모르겠다. 가파르고 험한 언덕을 난간도 없이 오르는 기분이었다. 대화는 위태로웠고 그들은 간혹 알 수 없는 이야기를 주고받았다. JS는 조 칩과 이야기하는 내내 나를 흘깃거렸다. 자신을 앞에 두고 교묘한 연극이라도 벌이는 것처럼, 불가해한 음모에 빠진 사람처럼 우리를 의심했다.

JS는 조 칩의 유년 시절을 반복해서 이야기했다. 그들이 함께했던 이탈리아 여행에 화해의 비밀이라도 숨겨져 있는 것처럼, 토스카나의 와이너리 지하 계단과 로마의 유적지 위로 드리운 우산소나무, 베네치아의 성당과 천장화들을 떠올려보라고 했다. 하지만 조 칩은 기억나는 거라곤 호텔 수영장에 들어가지 않겠다고 고집 피우는 그를 JS가 홀딱 벗겨 내쫓은 것밖에 없다고 말했다. 알몸으로 로비에서 울고 있는 조 칩을 직원이 발견해서 타월로 감쌌고 분노한 어느 손님이 경찰에 신고를 했다. JS는 경찰과 소리를 지르며 싸웠고 조 칩은 기절했지만 싸움이 끝날 때까지 아무도 그 사실을 눈치채지 못했다.

"기억이 안 난다." JS가 말했다.

"그러시겠죠."

"맙소사." JS가 말했다. "내가 너한테 들인 돈이 얼만데 고작 그런 거나 기억하는 거냐."

"필요 없어요. 당신이 해준 건 아무것도 필요 없어요."

"너 생활비는 어디서 나냐. 이 집은 누구 돈으로 살고."

"엄마가 준 거예요."

"하, 니 엄마. 그 여자가 하는 게 뭔데. 내 돈으로 주름이나 펴고 여행이나 다니는 그 여자가?"

"한번도 유럽에 같이 안 갔잖아요."

조 칩이 말했고 JS는 분통이 터지는 듯 으르렁거렸다. 같이 가봤자 음식이 너무 짜다, 햇살이 너무 세다, 사람이 너무 많다 투덜대는, 오페라극장에서 코를 골며 잠이나 자는 여자를 왜 데리고 가냐고 말했다. 하지만 무엇보다 화가 나는 건 아들이 그 여자 편을 든다는 사실이었다. "그 여자가 나를 죽이고 있어."

조 칩은 떨리는 입술을 씹어가며 말을 쏟아냈다. JS가 바람피운 여자들, JS가 한 협박들, 과학고에 떨어졌을 때 친척들에게 내신 때문에 안 갔다고 거짓말을 했고, 정신병원에 입원했을 땐 한번도 오지 않았다고, 그리고 그 모든 걸 엄마 탓으로 돌렸다고, 그녀의 조부와 조모까지 들먹이며 창피를 줬던 걸 잊지 않는다고 말했다.

이야기가 그즈음 이르렀을 때 JS는 문득 깨달았다. 자신을 음해하려는 정체불명의 집단이 아들과 아내를 바꿔치기한 게 아니라 자신을 바꿔치기했다는 사실을. 그는 스스로를 JS라고 믿었지만 이미 오래전부터 그는 JS가 아니었다. JS라고 믿도록 만들어진 다른 무언가였고, 아들이 말하는 모든 과거는 자신이 아닌 JS의 대체물이 한 일이라는 사실을 알았다. 하지만 자신이 곧 JS의 대체물이었다.

JS는 몸이 그 자리에 있는지 확인하려는 사람처럼 몸을 더듬거리기 시작했다. 발작이라도 일어난 것처럼 보였다. 가슴께를 훑던 그의 손에 뭔가 딱딱한 게 걸렸다. 호두까기용 나무망치였다. 망치를 손에 든 JS가 흐느끼듯 이상한 소리를 내더니 망치를 치켜들었다. 놀란 내가 그를 붙잡았다. 나는 곧 그가 조 칩이나 내가 아닌 스스로를 때리려고 한다는 사실을 눈치챘다. 조 칩은 잠자코 그 모습을 지켜보고 있었다.

얼마나 실랑이를 벌였는지 모르겠다. JS는 심장 쪽에 통증이 느껴지는지 가슴을 부여잡고 의자에 주저앉았다. 조 칩은 내게 집에 돌아가라고 했다. 못 볼꼴을 보게 해서 미안하다고, 둘이서 해결할 테니 그만 가도 된다고 말했다. 둘을 그대로 두면 무슨 일이 일어나진 않을까 두려웠지만 조 칩은 단호했다. "괜찮아, 목요일에 다시 들를게."

미리 얘기하지 못한 사실이 있다. '괜찮아, 목요일에 다시 들를게'는 나와 조 칩 사이에 사용되는 일종의 암호 코드다. 사연은 다음과 같다. 전설적인 SF 소설가인 필립 K. 덕은 편집증과 조현병 증상으로 캐나다의 약물 치료 센터 엑스칼레이에 자진해서 입원한다. 재치 넘치는 이야기꾼인 필 덕은 이 치료 센터에서 스타가 되는데 그가 유행시킨 표현이 '괜찮아, 목요일에 다시 들를게'였다. 어떤 친구가 있었는데, 그가 리언이라는 사람을 만나려고 리언의 집에 갔단다. 집 앞에 모인 사람들에게 리언을 만날 수 있냐고 물었는데 글쎄 '안타깝지만 리언은 죽었어요'라는 답이 돌아왔다. 그러자 친구는 이렇게 대답했다. "괜찮아요, 목요일에 다시 들를게요."

필 덕의 유머에 치료 센터의 사람들은 자지러지게 웃었다. 그리고 틈만 나면 이 표현을 반복했다. 심각하거나 침울한 상황, 적대적이고 험악한 상황에서 효과가 만점이었단다. 조 칩이 말했을 때 내 반응이 어땠는지는 모르겠다. 헛웃음이 났는지, 진짜 웃었는지 아니면 슬프거나 속이 상했는지 모르겠다.

다음 날 조 칩의 집에 갔을 땐 문이 잠겨 있었다. 나는 한동안 산책을 하는 틈틈이 조 칩의 집으로 향했다. 그러나 매번 문이 잠겨 있었고 몇달 후쯤에는 포기했던 것 같다.

몇년이 지난 뒤 해체주의자의 인스타그램을 통해서 조

칩의 소식을 다시 들었다. 그와 나는 인스타그램 맞팔이었는데 그는 매주 골프 치는 사진을 올렸고 나는 그때마다 팔로우를 끊어야 하나 심각하게 고민했다. 골프가 부르주아의 운동이라거나 속물적이라서가 아니라 그가 입은 골프웨어가 꼴사나웠기 때문이다. 어쨌건 중요한 건 해체주의자가 대구의 어느 술집에서 친구들과 함께 있는 사진을 올렸는데 코멘트에 '오랜만에 만난 조 칩'이라고 쓴 것이다. 사진 속에 조 칩은 없었다. 나는 해체주의자에게 메시지를 보냈다. 거의 십수년 만에 처음 메시지를 주고받는 거였다.

해체주의자는 공연을 기획하고 제작했지만 코로나바이러스 이후 다 그만두고 지금은 화곡동 쪽에 원룸형 빌라를 몇채 소유하고 있다고 했다. 궁금하지 않은 소식이었다. 나는 조 칩의 소식이 궁금했다. 조 칩은 대구에서 부모님이랑 같이 살고 있었다. 아버지가 많이 아파서 돌보면서 지낸다고, 궁금하면 연락해보라고 핸드폰 번호도 알려줬다. "고마워." 내가 DM을 보냈다. "그런데, 그 새끼 좀 이상하다." 해체주의자가 DM을 보냈다. 나는 답장하지 않았다.

조 칩에게 연락할까 한참을 고민했지만 결국 하지 않

았다. 문득 예전에 들은 그의 노래가 궁금해서 찾아봤다. "ΔΘΓΛ". Δ는 델타로 그리스어로 4를 뜻한다. Θ는 세타로 9, Γ는 감마로 3, Λ는 람다로 30. 델타세타감마람다? 49330? 무슨 의미인지 알 수 없었다. 아마 영원히 그럴지도 모르겠다.

진양의 졸업영화 시나리오를 받았을 때 얘가 드디어 미쳤구나 싶었다. 나뿐만 아니라 대부분의 사람이 그랬을 것이다. 진양은 튀는 걸 싫어하는 내성적인 성격이지만 그녀가 하는 모든 건 언제나 도드라졌다. 이번 시나리오도 그랬다. 듣자 하니 '졸업영화 2'의 담당교수인 제임스 박종우는 이 영화를 지도하길 거부하며 일장 연설을 늘어놓았다고 한다. 제임스 박종우는(왜 이름 앞에 제임스가 붙는지 모르겠다) 시카고대학에서 박사학위를 받고 돌아온 연출가 겸 영화평론가였는데 아무도 그가 연출한 영화나 기고한 평론을 보지 못했다. 논문은 가끔 발표했지만 고루하기 짝이 없었다. 단재 신채호와 브라질의 시네마 노보를 결합한다는 참신한 아이디어에도 불구하고 하품 나는 소리의 연속이었던 것이다. 민족과 인간의 도리라나 뭐라나. 그가 진양의 시나리오를 보고 눈이 뒤집힌 건 당연한 일이다. 진양의 시나리오 첫장에는 대문짝만 하게 이런 제목이 쓰여 있었다.

'걸레! 레즈비언! 게이새끼! 창녀!'

듣자 하니 시나리오를 합평해야 되는데 역시나 제목을 제대로 발음하는 사람이 몇 없었다고 한다. 제임스 박종우는 비난을 퍼부으면서도 제목을 말할 때면 얼버무렸다. 물론 그건 나도 마찬가지다. 어차피 단어에 불과한데 뭐 어때라고 생각하면서도 막상 입 밖에 내려니 얼굴이 화끈거렸다. 하지만 진짜 문제는 제목이 아니라 영화의 내용이었다. 「걸! 레! 게! 창!」은 영아 살인 청부업을 하는 최모 일당의 일대기다. 최모는 무허가 왁싱샵을 하는 오십대 중년 여성인데 진짜 직업은 따로 있다. 육아에 지친 여성들의(또는 그냥 육아가 싫은 여성들의) 의뢰를 받아 아기들을 살해하는 일이다. 최모 밑에는 서너명의 프리랜서 킬러가 있는데 이들은 각각 임산부, 쌍둥이 엄마, 할머니, 갈보…란다. 정말 입에 담긴 어려운 말이다. 발음하는 것만으로도 등골이 오싹한 그런 단어들이지 않나. 시나리오를 쓴 진양 역시 그랬다. 내용을 설명할 때마다 성대에 지진이라도 난 듯 목소리가 떨리고 얼굴은 새빨개졌으니 말이다. 그렇지만 진양은 꿋꿋하게 시나리오를 설명했다. 그게 진양의 캐릭터였다. 사대문 안의 멀쩡한 중산층 집안에서 모범생으로 자라 수석으로 대학에 입학한 동북아의 조신한 동양인 여성이지만 사고는 북미 언더그라운드의 급진 페미니스트여서 무언가를 말하고 행동할 때마다 삐걱거림이 발생하는 것이다. 나와 진양은 이를 정신과 신체의 인지부조화라고 불렀다. 경상도에서 태어나 외국 땅을 한번도 밟아보지 못한 나 역시 정신은 저물어가던 벨에포크의 파리에 있었으니 말과 행동, 외양과 태도가 조금도 일치하지 않았다. 쉽게 말해 넋이 나가 있었다는 뜻이다.

「걸! 레! 게! 창!」을 비난/비판한 건 제임스 박종우뿐만 아니었다. 남자 여자 할 것 없이 대부분이 난색을 표했다. 지난 작품까지 잘해오던 진양이 오버한다고 생각하는 치들도 있었다. 단편영화제에서 상을 몇번 받더니 튀고 싶었나봐. 내용이 너무 편향적이라고 했고 현실성이 부족하다는 얘기도 나왔다. 가상의 국가나 근미래가 배경이면 또 모를까.

진양은 붉게 물든 얼굴로 이 시나리오는 명백히 현실에 기반을 두고 있다고 말했다. 주인공인 최모의 모델인

인물이 있는데 지금은 감옥에 수감 중인 그와 서신 교환을 통해 취재를 했다는 거였다. 최모는 존속살해로 28년 형을 선고받은 중년 여성으로 본인의 주장에 따르면 이웃과 친구의 아이를 하나씩 더 죽였단다. 검찰은 이 주장을 심신미약에 따른 헛소리로 묵살했지만, 진양은 진실이라고 생각했다.

진양의 발언 때문에 수업은 다시 한번 발칵 뒤집혔다고 한다. 나는 현장에 없었으니 모를 일이다. 전해 들은 바에 따르면 이게 실화와 관련 있다면 더더욱 만들어져선 안 된다고, 반인륜적이고 패륜적인 반역자나 다름없다고, 국가보안법으로 잡혀 들어가고 싶은 거냐고 제임스 박종우는 소리쳤다(국보법이 뭔지 모르는 게 분명하다).

아무튼 결론부터 말하면 나는 진양의 졸업영화에서 조연출을 맡기로 했다. 복학한 지 2년이 지났지만 아무도 내게 스태프 제안을 하지 않았고 이대로 가다간 졸업은커녕 수료도 못할 지경이었기 때문이다. 진양은 학과에서 나를 인간 대우하는 유일한 사람이었다. 이유는 알 수 없었다. 어떤 측은지심의 발로였을까. 진양이 누구보다 따뜻한 마음을 가진 사람이라는 건 분명한 사실이다. 비록 그의 시나리오에선 수십명의 아이가 죽어나가지만 말이다.

베이비 퍼스트

　동물과 아이가 나오는 영화는 피하라는 독립영화계의
속설이 있다. 이유는 간단하다. 통제가 안 되기 때문이다.
예산은 한정되어 있고 숏은 들어가야 하는데 애가 울기
시작하면? 최모 일당이라면 애를 죽여버리겠지만, 우리
는 상식적인 사람들이다.

　진양의 영화에는 물론 애들이 나온다. 시나리오에는 정
확히 스물한명의 아이가 나오고 스무명이 죽는다. 그중 영
아라고 할 수 있는 한살 미만의 아이는 열명. 진양은 이 아
이들이 모두 실제 아이여야 한다고 주장했다. 그래야 영화
의 리얼리티가 산다는 거였다. 한명도 섭외하기 힘든 판에
스물한명이라니. 촬영장이 무슨 어린이집이라도 된단 말
인가,라고 제작을 맡은 내 기수 선배인 만수가 말했다. 만
수는 식물인간이라는 별명으로 불리는 선배로 이 시대의
진정한 초식남이었다. 그러니까 마초 일색인 영화과에서
그나마 정상에 근접해 있는 인물이었는데 그런 그의 입에
서 절대 안 된다는 말이 나왔으니 할 말 다한 셈이다.

　게다가 어떤 부모가 애들을 죽이는 영화에 자기 애를

출연시키고 싶겠는가. 감독이 봉준호나 스티븐 스필버그라면 모를까.

결국 진양은 타협했다. 그나마 통제가 되는 애들로 딱 세 명만 섭외하자. 나머지는 푸티지 영상으로 대체하는 거다!

푸티지 영상?

진양이 고개를 끄덕였다. 나머지 청부 건들은 최모나 다른 멤버들의 기억을 통해 플래시백으로 가끔 삽입되는 걸로 처리하겠다는 거였다.

#18 메데이아의 집/ 낮

임산부   그때 죽인 개 있잖아.

갈보   누구?

임산부   13층에서 던진 남자애.

갈보   아아, 걔.

Insert) 베란다 밖으로 던져지는 아기. 빙글빙글 돌아 보도로 떨어진다.

삶은 감자처럼 아기의 머리가 으깨지고 지나가는 행인의 얼굴에 피가 튄다.

그런 푸티지 영상이 있어?

생각만 해도 불알이 오그라든다는 표정으로 만수가 되물었다.

내 의견을 말하자면 만수 선배는 그 질문을 하지 말아야 했다. 그가 묻지 않았다면 우리가 그 영상을 보지 않아도 됐을 테니 말이다.

팻 해켓은 원래 맨해튼의 잘나가는 세무사가 될 운명이었다. 조이 홀스턴의 정장을 입고 엔터테인먼트계의 거물들을 상대하며 밤에는 스튜디오 54에서 근육질 게이들과 크랙을 하는 그런 삶. 하지만 팻 해켓은 그런 삶이 뭔가 이상하다는 사실을 알고 있었다. 비록 단 한번도 그렇게 살아본 적 없고 그런 삶을 본 적도 없지만, 심지어 아직은 상상하기도 전이었지만 이미 알고 있었다. 허리케인이 임박한 중부 대도시의 대로에서 하늘을 바라보는 것처럼 가끔 팔뚝에 닭살이 올라왔고 피프스 애비뉴 거리를 걸어 내려가는 동안 자기도 모르게 중얼거렸던 것이다. 똥! 보지! 붉은 머리의 작고 얌전한 여대생이 길거리 한복판에서 내뱉기에는 과격한 말이라고 생각했는지 가판대에서 뉴요커를 사던 점잖은 와스프가 팻을 쳐다봤고 팻은 두 손가락을 펼쳐 그의 눈을 뽑아버리는 시늉을 했다. 쉿shit! 쉿! 질겁한 사내를 뒤로 하고 팻은 다시 조신한 세무사 지망생이 되어 횡단보도를 건넜다. 가끔 이렇게 틱 같은 게 발현되긴 하지만 뉴욕은 정말 멋진 곳이야, 팻은 생각했다. 하지만 아직 그가 원하는 일이 일어나기 전이었고 그렇게 생각하는 건 섣부른 판단이었다. 곧이어 그의 삶을 송두리째 바꿔놓을 일이 일어났기 때문이다.

　팻은 다음날 프레드의 전화를 받았다. 프레드는 앤디 워홀 엔터프라이즈의 총책임자였고 워홀의 세금 문제 때문에 어시스턴스를 구하고 있다고 했다. 음… 알다시피 IRS가… 프레드가 말했다IRS는 미국 국세청을 뜻한다. 프레드는 모든 얘기를 으스스한 비밀이라도 있는 것처럼 말하는 습관이 있었다. 중요한 목적이나 단어는 쏙 빼놓고 말했던 것이다. 신기한 건 그럼에도 불구하고 이야기에서 요점을 파악하는 데 문제가 없었다. 팻은 의뢰를 받아들였다. 아직 세무사 자격증을 따기 전이었지만 앤디 워홀의 어시스턴스라니 소름이 돋았다. 팻은 얼마 전에 본 뉴스를 떠올렸다. 워홀이 어떤 여자의 총에 맞았다는 소식이었다. 자신만만한 표정의 저격범이 FBI에게 끌려가는 사진과 쓰러진 워홀의 사진이 미디어에 도배됐다. 웟! 웟! 대박!

팻은 매일 아침 아홉시에 워홀과 통화를 했다. 처음에는 인간 가계부 역할이었다. 그가 뭘 했는지, 돈을 어디에 썼는지 듣고 기록했다. 그러나 곧 통화는 기이한 방향으로 변질됐다. 저격을 당한 후유증 때문인지(응급실에 실려 온 그날, 담당 의사는 앤디 워홀이 죽을 거라고 했고 프레드는 의사의 얼굴에 정확히 훅을 날렸다. 앤디를 살려내지 않으면 죽는 게 누군지 두고 보라구! 프레드가 사람을 때린 건 그날이 처음이었다고 프레드 스스로 말했다) 워홀은 편집증과 피해망상에 시달리고 있었고 자꾸 세금과 상관없는 얘기를 했다. 많은 경우 주변 사람들에 대한 평가였는데(다시 말해 욕) 그 주변 사람들 대부분이 세계적인 명사였고 듣는 재미가 쏠쏠했다. 팻은 모든 이야기를 기록했고 통화는 날이 갈수록 길어졌다. 워홀을 앤디라고 부르기 시작했고 앤디는 팻을 테라피스트이자 정신과의사라고 불렀다.

아마 지금 글을 읽는 사람들은 웬 앤디 워홀? 팻 해켓은 또 누구?라고 생각할 것이다. 서론이 길었다. 본론은 지금부터다(하지만 이 서론이 꼭 필요하지 않았다는 사실은 소설을 끝까지 읽지 않아도 알 수 있을 것이다).

　다이얼 테라피스트로 앤디 워홀 엔터프라이즈에 자리를 잡은 팻 해킷은 영화 제작에도 손을 뻗게 된다. 앤디 워홀은 언제나 영화를 열망했고 육십년대 내내 아무도 보지 않는, 심지어 본인도 러닝 타임을 꽉 채워본 적 없는 영화를 찍고 난 뒤, 진짜 제대로 된 상업영화를 찍겠다는 야심을 불태웠다. 1976년에 개봉한 영화 「나쁜」Bad이 바로 그 야심의 결정체였다. 백오십만 달러라는 당시로는 만만치 않은 제작비가 들어간 이 영화는 무려 아카데미 수상자인 캐롤 베이커가 여주인공으로 합류한 작품으로 아메리칸 뉴시네마의 정점을 장식할 예정이었다. 팻 해킷은 이 영화의 시나리오를 썼다. 감독은 워홀의 연인인 젊은 미남 청소부 제드 존슨이 맡았다. 사람들은 앤디 워홀이 미쳤거나 여전히 실험 영화를 제작한다고 생각했다. 그게 아니면 백오십만 달러를 생초짜 둘에게 맡길 수 없는 노릇이니까 말이다. 둘을 얼굴 마담으로 내세우고 뒤에서 조종한다는 소문도 있었다. 2차 저격을 피하기 위해서라나. 하지만 모든 건 사실이 아니었다. 팻의 시나리오는 앤디를 사로잡았고 제드는 감독은 단지 존재할 뿐, 아무런 영향력도 미치지 않는다는 앤디의 지침을 정확히 준

수했다.

팻은 아기를 베란다로 던지는 장면을 썼다. 아기가 시끄럽게 울어대자 엄마 역할을 맡은 수전 블론드(한번도 모성애를 느껴본 적 없는 유대계 상류층 여성이자 PR의 달인)가 마천루 밖으로 아이를 냅다 던진다. 카메라는 메디슨 애비뉴의 보도에 널린 뇌수와 핏덩이를 클로즈업하고, 거리는 모유수유협회 회원들이 지르는 비명으로 가득 찬다.

팻 해킷과 제드 존슨, 수전 블론드를 뺀 모든 영화 스태프가 이 장면에 반대했다.

주요 배역을 맡은 할리우드 스타들은 이 장면을 찍으면 영화에서 빠지겠다고 했다.

팻과 제드는 알겠다고 대답했다. 그러고는 수전과 몰래 촬영했다.

「나쁜」이 개봉하자 거의 모든 신문의 영화란에 일관된 혹평이 실렸다. 길게도 아니고 짧게. 말할 가치도 없다는 듯. 앤디 워홀은 영화를 변호하지 않았고 「나쁜」 이후로 그 어떤 영화도 제작하지 않았다. 반면 팻 해킷은 계속 시나리오를 썼다. 신들린 듯, 아기 유령이라도 썬 듯 밤낮으로 시나리오를 썼고 그 시나리오들은 단 하나도 영화화되지 않았다. 하지만 중요한 건 영화화 여부가 아니었다. 팻 해켓은 어느 날 월마트 가판대에서 지브라 북스에서 나온 호러 펄프픽션 시리즈 중 하나를 발견하고 기절할 듯 놀란다. 소설의 내용이 자신이 쓴 시나리오와 똑같았던 것이다. 작가의 이름은 루비 장 젠슨. 육십년간 쓰레기 소설을 써낸 남부의 이 여인은 이십년 후에는 호러의 여왕이 될 운명이었다. 그때만 해도 팻 해켓과 루비 장 모두 자신들의 운명에 대해서 조금도 몰랐지만 말이다.

때는 2005년, 아니 2006년인가? 아무튼 이즈음 한국에서 제작되는 단편영화의 수가 기하급수적인 팽창을 이루고 있었다. 하늘에서 디지털 카메라가 박힌 운석들이 떨어지기라도 한 것처럼 모든 사람이 영화나 영상을 찍기 시작했고 각종 기업이나 단체는 정체불명의 영화제를 개최했다. 1999년까지만 해도 수십여개에 불과했던 영화제가 월드컵과 대선을 치르고 난 뒤 수백개로 급증했다. 바야흐로 영화의 붐, 이미지 시대의 서막이었다. 물론 대부분의 영화제가 얼마 못 버티고 사라졌으나 어쨌든 영화를 출품하면 본선에 오르는 건 식은 죽 먹기였다.

똥의 시대야.

진양이 중얼거렸다. 진양과 나는 남산 애니메이션센터에서 열린 레스페스트 디지털영화제에서 심야영화를 보고 창립자인 조너선 웰스의 토크를 들었다. 조너선 웰스는 DJ 부스에서 토크를 진행했다. 그의 왼쪽 옆에 있는 사회자 겸 DJ가 토크 중간중간 비트를 넣었다. 웅삑 빡핏? 이런 소리였나. 푸 삐이이이익- 철컥. 그래서 디지털 시대의 영화는 뭐가 될 거라고 생각하시나요? 사회자가 질문을 던지고 다시 컨트롤러를 조작했다. 슝핑파ㅋㅎ아ㅎ흥. 조너선 웰스는 뉴욕, 도쿄, 베를린, 상파울루, 케이프타운을 거쳐 서울에 왔다며 자신은 시대나 시차 같은 건 믿지 않는다고 말했다. 때는 1995년 크리스마스, 조너선은 샌프란시스코의 마켓 스트리트 남쪽에 위치한 핵티비스트의 수영장에서 저해상도 영화제를 개최하며 예수의 재림을 봤다고 했다. 우리는 그 수영장을 미술관이라고 불렀습니다. 모든 사물이 물에 떠다녔어요. 그때 어떤 사내 하나가 물 위를 걷기 시작했습니다, 마치 엑소시즘처럼 우리 내면의 악마를 몰아내면서 말입니다. 조너선이 설명했다. 진양이 나를 보더니 소곤거렸다. 이해 불가…… 조너선은 이제 모든 사람이 마음속에 있는 저질 생각을 저질 영상 속에 펼쳐놓는 시대가 올 거라고, 적그리스도와 그리스도가 샴쌍둥이처럼 이어져 당신의 뇌를 조종할 거라고 말했다.

진양은 울적했다. 개나 소나 영화를 만든다고 뛰어드는 세상에 내가 군이 하나 더 보탤 필요가 있을까. 게다가 아무도 자신의 영화를 이해하는 것 같지 않고 보고 싶어하지 않는데.

우리는 남산을 걸어 내려와 명동을 지나 학교로 향했다. 진양상가 너머 아침노을이 쏟아지고 있었다. 햇살 속에 충무로의 파멸이 명백하게 드러났고 우리는 아무런 감상을 느끼지 못했다. 여기까지 왔으면 끝까지 가야 한다고 생각했을 뿐이다. 졸업을 하려면 졸업영화를 찍어야 하고 영화를 찍으려면 내가 할 수 있는 걸 해야 한다. 내가 할 수 있는 것 말고는 내가 할 수 있는 게 없다는 사실이 비참하게 느껴진다고 진양은 말했다.

결국 내가 한 건 내가 할 수 있는 거였던 거야. 진양이 말했다. 무슨 뜻인지 알겠어? 원인은 결과에 의해서 소급 적용되는 거라구.

진양과 나는 맥주 한잔만 마셔도 발바닥까지 빨개지는 유전자를 가지고 있었고 우리는 한방울의 알코올도 없이 「걸! 레! 게! 창!」의 미래에 대해 얘기했다. 나는 조연출로서 본분을 다했다. 다시 말해, 진양의 용기를 북돋워주기 위해 이 영화가 존 워터스의 「연쇄살인엄마」 이후 최고 걸작이 될 거라고 한 것이다.

그렇지만 진양은 고개를 저었다. 진양은 앤디 워홀이나 존 워터스 같은 컬트 감독이 되는 건 원치 않았다. 진심으로 세상을 바꾸고 싶으면 컬트가 되면 안 돼. 진양은 자신의 롤모델이 크리스 콜럼버스라고 말했다.

「나 홀로 집에」 감독?

「걸! 레! 게! 창!」은 가족영화야. 진양이 울적한 표정으로 말했다.

죽은 아기들의 연합

촬감은 진지한 선배였다. 늘 야구모자를 썼고 말수가 적었고 원산폭격 자세로 십분 동안 있어도 신음소리 한번 내지 않았다. 들리는 소문에 의하면 그는 시높만 봐도 머릿속에 콘티가 떠오르고 앵글이 잡히며 렌즈의 종류와 밀리미터까지 정할 수 있다고 했다. 자신이 촬영할 장면을 예언하는 것이었다.

그런 그가 팀에 합류한 건 행운이자 불행이었다. 학과 사람들은 학생영화계의 다리우스 콘지인 촬감이 왔으니 때깔은 보장된 거나 다름없다고 했지만 촬감은 시나리오의 모든 장면을 걸고 넘어졌고 결국 촬영을 하루 앞두고 주요 스태프들을 소집했다.

생명이 뭐라고 생각해?

촬감이 진양에게 물었다. 촬감은 곰곰이 생각했는데 이 질문에 답하지 않으면 영화를 찍을 수 없을 것 같다고 말했다. 스스로를 설득해야 된달까. 그래야지 숏을 찍을 수 있다고 말했다.

생명의 정의가 뭐지?

촬감이 다시 말했다. 깊은 침묵이 흘렀다.

영혼의… 유무 아닙니까?

촬영팀 퍼스트가 말했다. 진양보다 한 기수 후배였는데 촬감의 아들이라는 소문이 돌았다. 촬감과 퍼스트는 네살 차이밖에 나지 않지만 말이다.

그럼 우리는 이렇게 질문해볼 수 있어. 아기들에게도 영혼이 있을까?

사운드가 말했다. 사운드는 학교에서 나이가 가장 많은 고참이었다. 십년째 같은 시나리오를 쓰고 있다고 했고 병든 아내를 돌보느라 휴학할 수밖에 없다는 소문도 있었다(아무도 그의 집에 가보지 못했기 때문에 아내는 이미 죽었고 사운드는 시신이 썩지 않게 방부처리한 후 매일 밤 죽은 아내 곁에서 시나리오를 쓴다는 소문도 돌았다). 사운드는 예전부터 진양을 높게 평가한 선배 중 하나였다. 이유는 단순했다. 진양이 의대에 합격했는데도 영화과에 왔다는 사실 때문이었다.

영혼은 어디 있는 거예요? 심장? 뇌? 미간?

스크립터가 물었다. 그는……(생략)

기억을 돌이켜보면 이런 식의 회의나 토론이 무수히 이어졌던 것 같다. 시나리오를 쓰고 영화를 찍고 무언가를 기획할 때마다 브레인스토밍을 하자고 모인 신병들이 심각한 표정으로 아무 말이나 쏟아냈던 것이다.

진양의 얼굴이 붉게 물들기 시작했다. 나는 조연출로서 이 상황을 빨리 타개해야 한다는 사실을 깨달았다. 그러나 스태프들은 이미 문제에 깊게 몰입한 상태였다. 시나리오의 주제와 씬의 목적, 숏의 의미에 대해 묻지 않고서는 한발자국도 움직일 수 없다는 강한 의지가 느껴졌다.

진짜로 죽이는 게 아닌데 그런 것까지 고민해야 돼?

정적을 깨고 만수가 말했다. 그의 말에 사운드가 벌컥

화를 냈다. 예술이 현실이 아니라고 그렇게 함부로 할 수 있다고 생각해?! 작가는 책임감이 있어야 하는 법이야! 아이들을 막 죽여선 안 된다고!

아니, 진짜로 죽이는 게 아니리니까⋯⋯

지금도 아프리카엔 억울하게 죽어가는 아이들이 얼마나 많은지 알아? 그걸 알면서도 그렇게 말하는 거야? 사운드가 다시 말했다.

아마 그때쯤이었던 것 같다. 진양이 떨리는 목소리로 선언했다.

알았어요. 제목을 바꿀게요.

진양이 화이트보드에 제목을 썼다. '죽은 아기들의 연합'. 촬감이 고개를 끄덕이며 중얼거렸다. 죽은 아기들⋯⋯

이로써 회의는 일단락되었다.

오퍼레이션 레스큐

만수가 삼일 안에 촬영을 끝내야 한다고 말했을 때만 해도 나는 문제를 심각하게 생각하지 않았다. 두달 동안 촬영이 순조롭게 이루어졌고(몇몇 해프닝이 있었지만 순조로웠다고 해두자) 이제 최후의 씬만 찍으면 대단원의 막이 내려갈 터였다. 학부생의 졸업영화 치고는 꽤 오래 걸린 셈이다. 그 때문에 사생활은 바닥을 쳤지만 나름 만족스러운 경험이었다. 진짜 예술인이 된 기분이랄까. 진양의 시나리오는 촬영 중에도 진화를 거듭했다. 주제는 여전히 수수께끼였지만 서사는 박진감 넘쳤고 촬감은 신들린 듯 필름을 교체했다(진양의 졸업영화는 아트스쿨에서 촬영된 마지막 35밀리 필름영화였다). 주요 내용에서 가장 큰 변화는 '오퍼레이션 레스큐'의 등장이었다. 초반 삼회차 촬영을 끝낸 즈음 진양이 갑자기 수정한 시나리오를 들고 왔다.

세명의 배우가 더 필요해.

오퍼레이션 레스큐는 전역 군인과 용병들을 중심으로 조직된 시민단체다. 이들의 활동은 주로 동성애 반대, 낙태 반대, 공공장소에서의 흡연 반대 등 '위기'에 처한 '생명'을 구원하는 일에 할애된다. 생명을 살리고 생명의 개념을 보호하기 위해 OR은 무장투쟁도 불사한다. 게이 목욕탕이나 낙태 전문병원을 습격하고 윤락 여성들을 구조하고 불법이민자들을 사냥한다. OR의 리더인 래원은 구약성서의 잠언 24장 11절을 인용한다. "너는 사망으로 끌려가는 자를 건져주며 살육을 당하게 된 자를 구원하지 아니치 말라."

OR은 우연히 죄 없는 어린 영혼들이 죽어가고 있다는 사실과 배후에 최모 일당이 있다는 걸 알게 된다. 래원을 비롯한 세명의 대원들은 정의의 이름으로 최모 일당을 심판하기로 결심한다. 제 구실 못하는 법을 대신해 직접 나서기로 한 것이다.

영화는 최모 일당과 OR의 대결을 중심으로 진행됐다. 서사가 급물살을 타기 시작했고 씬마다 등장인물이 하나씩 죽어나갔다. 어쩌다 이런 내용이 되었나 하는 의문이 들었지만 매일 수십 리터의 가짜 피를 만드느라 깊이 고민할 시간이 없었다. 가끔은 죽은 배역이 다시 살아나기도 했다. 갈보는 래원에 의해 수영장에서 익사했는데 다음 씬에서 버젓이 살아 돌아와 타깃이었던 아이를 가스 폭발사고로 위장해 살해한다. 진양의 시나리오에는 '물과 불의 이미지'라고 쓰여 있었다.

나는 진양에게 시나리오의 오류를 지적했다. 지난 씬에서 죽은 캐릭터를 아무렇지 않게 등장시키면 안 된다고 말이다. 진양은 그렇지 않다며 고개를 저었다. 그는 배우를 가리키며 저기 보라고, 저기 갈보가 살아 있지 않느냐고 말했다.

무슨 뜻이야? 갈보 배역을 맡은 배우가 살아 있다는 말이야?

응.

그때 진양이 조금 이상하다는 걸 눈치챘어야 했다.

진양은 실제 배우가 살아 있으면 배역도 살아 있는 거라고, 언제든지 그 배역으로 돌아올 수 있다고 말했다. 우리는 손쉽게 픽션과 현실을 구분하지만, 진짜 예술작품은 그러한 구분에 제동을 건다고 했다.

이상하지 않아? 같은 배우가 여러 영화에 출연하잖아. 그가 한 사람이라는 걸 알면서도 아무 생각 없이 극에 몰입하고 캐릭터에 감정을 이입하잖아.

그렇지. 그치만 영화가 원래 그렇잖아. 내가 말했다.

가짜 리얼리즘이야.

진양이 말했다. 진지한 예술작품이라면 그러한 기능적 진실, 이른바 페이크 리얼리즘을 폭파하고 숨겨져 있는 이데올로기적 작동을 교란하고 뒤집어야 한다는 거였다.

흠……

말이 되는 것 같기도 하고 안 되는 것 같기도 했지만 나는 따지지 않기로 했다. 영화의 감독은 어디까지나 진양이었다. 제작비도 진양의 통장에서 나왔고 졸업도 진양이 하는 것이다. 게다가 나는 갈보가 살아 돌아온 장면이 좋았다. 작품의 매력은 빈틈없는 완성도나 논리적인 구조 속에 있는 게 아니었다. 장면 장면의 강렬함과 핵심 아이디어가 관통하는 직관이 있다면 사람들은 설득될 것이다. 영화는 언어가 아니다. 영화는 폭탄이거나 폭탄 제조법이다. 하룬 파로키는 말했다. "우리는 사건들 한가운데로 바로 들어갈 수 있다." 아마 그즈음 나는 진양이 천재가 아닐까 생각했던 것 같다. 영화가 완성되면 독립영화계의 혁명이 될 거라고, 칸영화제 최고의 화제작이 될 거라고 말이다.

하지만 일은 생각대로 풀리지 않았다. 앞서 말했듯 첫 번째 문제는 마지막 씬 촬영을 위해 우리에게 주어진 날짜가 삼일밖에 없다는 거였다. 마지막 씬은 최모 일당의 근거지인 '메데이아의 집'에서 최모와 래원이 최후의 결전을 벌이는 동안 마지막 아기가 죽고 아기천사가 강림하며 죽은 아기들이 부활하는 내용이었다. 촬영은 재개발 공사가 예정된 반포의 아파트 단지에서 이루어졌는데 삼일 후에 철거 공사가 시작된다고 했다. 만수는 12월 24일에 촬영을 시작해 26일에 끝내는 게 우리에게 허락된 최대한의 스케줄이라고 말했다. 녹록지 않은 일정이었지만 불가능한 건 아니었다. 우리는 아파트 단지 내에서 숙식을 해결하고 철야 촬영을 했다. 한겨울의 북풍이 구멍 난 벽 사이로 쉴 새 없이 들어왔다. 나와 진양을 비롯한 주요 스태프들은 씻지도 못하고 잠도 못 잤지만 에너지 드링크와 각성제를 번갈아 먹으며 버텼다.

그러나 진짜 문제는 따로 있었다. 둘째날 촬영이 끝난 후, 촬감과 사운드가 파업을 선언한 것이다. 그들은 지금까지 OR이 프로타고니스트인 줄 알았다고 말했다. 정의가 실현될 거라는 기대감에 열심히 촬영을 했는데 결말을 보고는 충격을 받은 것이다. 사운드는 분노를 터뜨렸다. 누구도 생명을 함부로 할 수 없어!

스태프 대부분 촬감과 사운드의 의견을 따랐다. 일종의 쿠데타였고 나와 만수, 진양은 고립됐다. 종료를 코앞에 두고 영화가 엎어질지도 모를 상황이 된 것이다. 이틀간 밤샘 촬영을 하느라 정신이 혼미했지만 쉴 시간이 없었다. 나는 시나리오를 고치자고 진양을 설득했다. 완성이 먼저라고, 어차피 OR이나 최모 일당 모두 선악이 모호한 인물이니 메시지를 애매하게 뭉개면 각자의 방식대로 이해할 거라고 말이다. 그러나 진양은 타협할 생각이 없었다.

아기를 진짜로 죽여야겠어. 진양이 말했다.

뭐? 잠꼬대라도 하는 거야? 내가 말했다.

내가 아기를 진짜로 죽일 테니까 니가 그걸 찍어. 진양이 붉게 충혈된 눈을 치켜뜨고 말했다. 진양은 진심이었다. 우리가 충분히 급진적일 수 있을 때 그렇게 하지 못한다면 그건 범죄야. 1983년, 카를 카르스텐스가 독일연방공화국에 핵무기를 설치하려고 했을 때 귄터 안더스는 이렇게 썼어. "현실은 시작되어야만 한다." 진양은 영화에서 현실이 시작된다고 믿었다. 그게 진양의 리얼리즘이었다. 그렇다고 아기를 죽여야 하는지는 모르겠지만 말이다.

거세

앤디 워홀 저격범 밸러리 솔라나스는 유일한 희곡 「업 유어 애스 오어 프롬 더 크래들 투 더 보트 오어 더 빅 석 오어 업 프롬 더 슬라임Up Your Ass, or, From the Cradle to the Boat, or, The Big Suck, or, Up from the Slime」(뭐라고 번역해야 할지 모르겠다. 아는 분은 출판사를 통해 연락 바람)의 제사를 다음과 같이 썼다. "이 작품을 나에게 바친다."

밸러리 솔라나스와 앤디 워홀이 아웅다웅했던 내용은 이제 대중에게 꽤나 알려져 있다. 대학을 중퇴하고 뉴욕에서 노숙과 구걸, 윤락행위를 하며 지내던 밸러리가 트랜스젠더 배우 캔디 달링을 통해 앤디 워홀에게 접근하고 그의 영화에 출연했으며 자신의 희곡 「업 유어 애스」(이하 엉덩이)의 유일한 복사본을 줬으나 앤디 워홀은 이걸 잃어버렸고 분개한 밸러리가 그를 저격했다(덤으로 밸러리는 자신의 작품을 출간하기로 계약한 프랑스 출신 포르노그래피 출판업자 모리스 지로디아스도 저격하려고 했는데 모리스에 대해 궁금한 사람은 「여행자들의 지침서」라는 단편소설을 참고하기 바란다).

밸러리 솔라나스는 「SCUM 선언문」으로도 유명한데 여기서 SCUM은 쓰레기, 양아치를 뜻하는 속어이기도 하지만 '남성 거세를 위한 연대Society for Cutting Up Men'라고도 해석된다. 시작부터 남자들을 박멸하자고 부르짖는 이 선언문의 요지는 간단하다. 남성은 사실 여성이다. 남성이 여성이 아닐 때는 똥에 불과하다. 미래 사회에는 남성이 필요 없다. 자동화 체제에서 기계가 남성을 대체할 것이기 때문이다. 그날이 오기 전까지 남성은 여성의 시중이나 들어라. 「SCUM 선언문」은 그 과격성 때문에 정신병자의 헛소리로 취급받기도 했지만 그 급진성이 페미니즘의 새로운 물결에 결정적인 영향을 줬다는 평가도 있다.

하지만 그와 관련된 논쟁이 어찌됐건 안타까운 건 밸러리의 유일한 희곡이 소실되었다는 사실이다. 밸러리와 앤디에 관한 전설은 끊임없이 뉴욕 뒷골목을 떠돌고 예술계와 출판계의 단골 소재가 되었지만 정작 가장 중요한 작품의 실체에 대해 아는 사람은 없었던 셈이다.

밸러리 솔라나스의 「엉덩이」가 발견된 건 1999년의 일이다. 조명 디자이너이자 앤디 워홀 팩토리의 아키비스트였던 빌리 네임이 밀레니엄을 맞이하여 아카이브를 정리하던 도중에 조명 장비를 쌓아놓은 트렁크 사이에서 끼어 있는 「엉덩이」를 찾은 것이다. 지금은 구글에서 PDF로도 구할 수 있는 이 작품은 발견과 동시에 샌프란시스코 실험 연극 집단 조지 코츠 퍼포먼스 웍스에 의해 공연되었다.

서론은 이만하면 된 거 같다. 진짜 중요한 건 공개적으로 알려진 「엉덩이」의 역사가 아니라 어둠 속에서 온갖 종류의 급진주의자들에게 영향을 준 숨겨진 「엉덩이」

의 역사다. 이 역사는 1960년대 뉴욕 언더그라운드 씬의 무법자, 일설에 의하면 '가장 더럽고 가장 추악하고 가장 피곤한' 아나키스트 그룹이었던 '벽에 기대, 개잡놈아 up against the wall, motherfucker'의 리더 벤 모레아에 의해 알려졌다. 벤 모레아는 모든 사람이 정신병자 취급했던 밸러리를 정상인으로, 더 나아가 역사를 바꿀 천재이자 뉴욕의 잔 다르크로 생각한 유일한 사람이다. 피프스 애비뉴에서 전단을 돌리다 만난 두 사람은 한눈에 서로를 알아봤다. 누가 봐도 부적응자, 어쩌면 약간 맛이 많이 간 젊은이, 중산층의 얼굴에 거리낌 없이 똥을 쌀 수 있는 인물이라는 사실을 눈치챘던 것이다. 벤 모레아는 「엉덩이」를 보고 혀를 내둘렀다. 그는 이런 물건은 처음 봤다고, 「SCUM 선언문」도 걸작이지만 「엉덩이」야말로 TV에 내보내야 할 작품이라고, 중산층 가정에 던지는 다이너마이트가 될 거라고 말했다.

「엉덩이」는 레즈비언 매춘부 봉기 페레즈의 이야기다. 여러 등장인물과 에피소드가 있지만(똥이 주식인 캐릭터 진저의 똥 분실 사건이라거나) 가장 중요한 건 마지막 씬이다. 중산층 주부 아서는 놀이터에 아들을 데려다놓고 우연히 만난 봉기 페레즈와 대화를 나눈다. 그런데 아들은 놀이터에서 고추를 꺼내놓고 놀다가 쫓겨나서 엄마를 귀찮게 한다. "그거 다시 집어넣어." 아서가 말한다. 그러나 아들은 고개를 젓는다. "조이네 형들처럼 빳빳하게 세우려고 고추에 풀을 발랐더니 오줌이 안 나와요." "왜 그런 짓을 했니? 엄마는 이야기 중이니까 다시 집어넣고 놀이터로 돌아가렴." 그러나 아들은 계속 징징 댄다. "싫어, 시러. 엄마랑 놀 거야." 결국 아서는 아들을 목 졸라 죽이고 봉기와 계속 대화를 나눈다.

밸러리 솔라나스는 이 장면을 실제로 실행해야 한다고 고집했다,라고 벤 모레아는 주장했다. 그러니까 무대에서 어린애의 목을 졸라…… 1960년대는 지금 시각으로 보면 어느 정도 미친 시기였지만 그 정도로 미치지는 않았어요. 벤 모레아가 말했다. 아무리 그래도 그 정도는 아니었죠. 당연히 밸러리의 작품은 한번도 공연되지 못했고 아무도 엄두를 내지 못했다. 앤디 워홀이 밸러리를 피해 도망 다닌 게 유난스런 반응은 아니었던 것이다. 그러나 벤 모레아는 실행은 못해도 소문내는 데는 일가견이 있었다. 유아 살해 아이디어는 '벽에 기대, 개잡놈아'가 만든 전단을 통해 퍼져나갔고 뉴욕의 관종들이라면 누구나 한번쯤은 읽게 되었다. 팻 해켓도 그중 하나였다. 팻 해켓이 들고 온 「나쁜」의 시나리오를 봤을 때 앤디 워홀은 무슨 생각을 했을까. 자신이 쫓아낸 밸러리의 악령이 다시 돌아왔다고 생각하지 않았을까. 아기를 죽이는 여성들. 앤디는 속죄를 위해 실패가 뻔히 보이는 영화를 백오십만 달러나 들여서 제작한 것일까. 그건 모를 일이다.

벤 모레아는 1960년대가 끝날 즈음 상업화, 대중화에 물든 예술계에 환멸을 느꼈고 전쟁광과 나약한 평화주의자들만 가득한 사회에 정나미가 떨어졌다. 그는 뉴욕을 떠나 콜로라도와 아칸소 등을 떠돌며 카우보이와 벌목공으로 지냈다. 로키산맥과 그레이트플레인스를 바라보고 있으면 예술이나 삶, 역사 따위는 의미를 잃었고 심지어 시간까지도 회전초처럼 이러저리 굴러다닐 뿐이었다. 그러던 그가 여름 한철 일한 아칸소의 목장에서 루비 장 젠슨을 만난 건 어쩌면 우연이 아닐지도 모른다. 꽃무늬 원피스를 입은 얌전한 남부의 주부 루비 장 젠슨은 흔들의자에 앉아 아칸소의 누구도 읽지 않는 이상한 글을 읽어대고 있었고 벤은 한눈에 그를 알아봤으니까 말이다.

지금 생각해보면 이 모든 게 실제로 있었던 일이었나 하는 의문이 든다. 크리스마스 연휴가 지나고 있었고 창틀도 없이 뚫린 베란다 너머에선 눈이 내리고 있었다. 멀리서 포클레인과 트럭들이 재개발 아파트 단지로 진격하는 소리가 들리고 삼일 밤낮을 새운 스태프들은 마지막 숏을 위해 분주히 뛰었다. 만수와 제작부 친구들은 아파트 입구에서 조합장을 온몸으로 막았고 촬감은 난간에 매달리다시피 한 자세로 최모와 아이의 최후를 찍었다.

메이킹 필름이 남아 있지 않으므로 세세한 과정이 어떻게 되었는지는 설명하기 힘들다. 시나리오도 남아 있지 않다. 지금 기억나는 건 마지막 밤을 지나는 과정에서 내가 아기를 업고 뛰어다녔다는 것과 진양이 아기 내놓으라고 소리를 질렀다는 것 정도다. 신기하게도 아기는 그 요란법석 속에서도 울지 않았다. 나는 품속에 안긴 고요한 표정의 아기를 보면서 영화감독은 못할 짓이라는 생각을 했다. 더불어 아빠가 되는 것도 가족을 이루는 것도 못하겠다, 세상에 부모가 존재하지 않는다면 아이들이 조금 더 행복할 수 있지 않을까 같은 생각을 했다. 부모가 없는데 어떻게 아이가 있을 수 있냐고 묻는다면, 거기에 대해선 할 말이 많지만 지금은 한마디만 하고 싶다. 충분히 가능하다고, 부모는 가짜 리얼리즘이라고 말이다.

아기는 촬영을 마치고 건강히 집으로 돌아갔다. 나는

최후의 숏인 피가 한방울 떨어지는 추가 인서트를 찍을 때쯤 기절했다. 스크립터 후배의 말로는 피를 건네고 의도를 알 수 없는 선한 미소를 지으며 자리에 앉아 부처처럼 잠들었다는 것이다. 마지막 인서트만 찍으면 진짜 끝이다,라고 박수를 치며 좋아했던 기억은 나는데 나머지는 새까맣다. 눈을 뜨니 아파트 안은 정리되어 있었고 스태프들은 기재를 챙겨 입구에서 나를 기다리고 있었다. 렌즈 트렁크 위에 눈이 소복이 쌓여 있었다.

진양은 영화를 완성하지 못했다. 촬영은 끝냈지만 편집을 수십번 뒤엎더니 영화를 공개하지 않기로 결정했다. 아기를 죽이지 못한 것 때문이냐고 하니, 나를 미친 사람 취급했던 기억이 난다. 촬영 당시에는 진양 역시 정신이 나가 있었던 게 분명했다. 레오 카락스가 「폴라 X」에서 실제 섹스를 촬영했으니 그걸 이기려면 실제 살인을 촬영하는 수밖에 없다고 말했던 것도 기억나는데 말이다.

진양과 나는 여전히 연락을 하는 사이다. 얼굴을 보는 일이 많진 않지만 일년에 서너번쯤 소식을 주고받는다. 그는 이제 영화에 관심을 끊었다. 극장에는 일년에 한번 갈까 말까하고 OTT로 가끔 미드를 본다. 대신 그는 웹툰 작가가 됐고 대성공을 거뒀다. 지난 추석 때 내게 마장동

한우 세트를 보내주기도 했다(선물로 한우 세트를 받은 건 태어나서 처음이다).

내가 졸업영화 촬영 에피소드를 소설로 쓰겠다고 하자 진양은 그게 소설 거리가 되냐고 물었다. 니 소설은 훨씬 더 난해하고 추상적인 무언가를 다루지 않느냐고 말이다. 나는 한번도 그런 적이 없다고 대답했다. 내 소설은 언제나 현실에 기반해. 내가 말했다.

"타자를 치는 것은 인간적이지 않은 일이고, 사이버 공간에 존재한다는 것은 실체를 잃는 것이다. 사실상 모든 것이 허위와 소외이며, 실체의 형편없는 대안이다. 그러므로 사이버 공간은 의미 있는 우정의 근원이 될 수 없다."

또또의 블로그 소개글이다. 블로그 소개글로는 아이러니하지만 블로그 이웃이 둘밖에 없는 또또의 상황을 생각하면 그리 이상하진 않다.

또또는 유년 시절 친구다. 본명은 따로 있지만 이 글에선 밝히지 않겠다. 또또라는 이름은 그의 아이디이기도 하고 고정닉이기도 하다. 영어로 표기할 때는 TtoTto라고 쓴다. 이 이름은 파라과이의 소설가 후안 마누엘 마르코스의 소설 『군터의 겨울』에서 가져왔다. 풀네임은 또또 아수아가, Toto Azuaga.

또또는 작가라면 『군터의 겨울』 같은 소설을 써야 한다고 말했다. 바흐친적인 글은 이렇게 쓰는 거야, 너처럼 쓰는 게 아니라.

또또와 통화를 하면 짜증이 났지만(지가 뭘 안다고 소설에 대해 이래라 저래라인지) 그와 말싸움을 해봤자 좋을 게 없기 때문에 잠자코 듣는 일이 많았다. 또또는 매사에 아는 게 많았다. 스포츠, 문학, 영화, 정치, 경제, 부동산 투자, 가상화폐, 등산복의 역사, 동북아의 지정학적 상황 등등…… 그런 그에게 블로그 이웃이 적다는 건 놀라운 일이다. 파워블로거가 아니라면 동네 인플루언서 정도는 됐어야 하는 거 아닌가 생각했지만 또또는 놀랄 게 없다고 했다. 블로그는 애들이나 하는 거라고, 자기가 블로그를 하는 이유는 다른 사람들의 눈을 피해 기록을 남기기 위해서라고 했다. 꼭 남겨야 하는 마지막 기록을, 쓰지 않고는 견딜 수 없는 글을 써야 하기 때문이라고 말이다.

마지막 기록이라는 비장한 이유와 다른 사람 눈을 피해야 한다는 비밀스러운 이유를 내세웠지만 또또의 블로그는 전체공개였다. 그것도 국내 최대 규모 포털 사이트의 블로그였고 하등 특별할 게 없었다. 검색어 제한도 없어서 누구나 찾을 수 있었고 어쩌면 누군가 봐주길 바라는 마음이 있었던 건지도 모른다. 그러나 그 누군가가 나라고는 예상하지 못했을 것이다. 나 역시 블로그 주인이 또또라는 사실을 처음에는 알지 못했다. 나는 『가세타 델 수르』Gaceta del sur라는 이십세기 초반 아르헨티나의 언더그라운드 비평 잡지를 서치하다가 우연히 또또의 블로그를 발견했다.

블로그 주인장은(주인장이라는 표현이 문학적으로 동시대적으로 적절한지 모르겠지만) 정신이 좀 이상한 것 같았다. 지적이고 박학하지만 공감할 수 없는 지점에 꽂혀 분노하기 일쑤였고 지식의 범위가 종잡을 수 없는 영역에 걸쳐 있었다. 삶에 대한 다층적인 분노나 어리석은 종속(그의 표현이다)에 대한 경멸도 반복되었다. 그가 특히 많은 양을 할애해 부당함을 폭로하고 윤리성을 문제 삼은 것은 나무위키였는데 나무위키의 어떤 점이 문제인지는 정확히 알 수 없었다. 편향된 서술이 문제인지 편집 과정에서 운영진의 독선이 문제인지, 투명하지 않은 기업 운영이 문제인지 알 수 없었고 이 문제의 기원을 2002년 한일월드컵과 대통령 선거, 북한 정찰총국과 이준석, 『기술복제 시대의 예술작품』과 1991년 미셸 세르가 참여한

'프랑스 대학을 위한 임무'와 프로젝트 '지식의 나무' 등과 엮는 지점에 이르자 뜨악할 수밖에 없었다. 하지만 그런 부분들만 스킵하면 최근 유행하는 담론과 무관하게 스스로 자생한 듯 보이는 흥미로운 정보를 접할 수 있었고 나는 블로그를 훑느라 하룻밤을 꼬박 새우고 말았다. 주인장은 어느 시점인가 직장을 그만두고 낙향했다가 불교에 귀의하려 했지만 알 수 없는 이유로 다시 취업을 했고 돈을 모아 파라과이에 갈 생각이라고 했다. 그쯤이었던 것 같다. 문득 그가 아는 사람이라는 생각이 든 것이다. 확인해보니 블로그에서 사용하는 별명은 블라종이었지만 괄호 안의 아이디는 TtoTto였다. 블라종TtoTto. 또또가 분명했다. 또또와 마지막으로 연락을 주고받은 건 2년 전 무렵이었다. 친구들에게 또또의 이혼 소식을 들은 직후로 또또는 대뜸 아우구스토 로아 바스토스라는 소설가를 아느냐고 카톡을 보냈다. 나는 또또의 카톡을 읽씹했다. 삼사일쯤 지나자 일시적인 마음의 여유가 생겼던 것 같다. 나는 또또에게 답을 했다.

모르는데.

곧장 답이 왔다. 잘 있냐. 신간 나온 거 축하한다ㅎㅎ. 또또의 카톡을 보니 마음이 편치 않았다. 오랜 친구의 연락인데 지나치게 차갑게 군 것처럼 느껴졌기 때문이다. 나는 최대한 살갑게 답장을 했다. 고맙다. 니는 잘 있나.

그렇게 이야기를 주고받는 과정에서 대략적이나마 또또의 근황을 알게 되었다. 또또는 삼년 정도 결혼생활을 하고 딸을 낳았지만 곧 이혼했다고 말했다. 직장을 그만뒀고 고요한 환경에서 번역에 집중하려다 다시 취업했다는 이야기도 했다. 김치 공장에서 일한다고 했던 것 같다. 또또의 생활에서 벌어진 일들이 갑작스럽게 느껴져 할 말이 없었다. 번역은 무슨 말이고 김치 공장은 또 뭘까. 또또가 공기업의 정직원이 되고 결혼 소식을 알렸을 때 드디어 또또의 길고 어두운 인터넷 워리어 시절이 끝났다고 놀려먹었던 기억이 났다. 내가 한동안 말이 없자 또또는 로아 바스토스를 말밥에 올렸다. 그의 소설 「요 엘 수프레모」Yo el supremo를 번역할 계획이라며 출판사를 알아봐줄 수 있냐고 했는데 뜬금없는 소리였다. 일반 사람들에 비해 독서량도 많고 문학에 관심도 있는 편이었지만 번역을 할 계제는 아니었던 것이다. 내 말에 또또는 번역에 무슨 자격증 같은 거라도 있는 거냐고 쏘아붙였다. 나는 그건 아니지만 넌 스페인어를 못하지 않느냐고 말했다. 중역을 할 수도 있지만 스페인어가 소수언어도 아닌데 출판사에서 굳이 중역을 하겠느냐고 말이다. 아마 이 말이 또또의 성질을 건드렸던 것 같다. 우리의 대화는 순식간에 불이 붙었고 결국은 내 소설에 대한 비판으로 이어졌다. 니가 하는 건 보르헤스가 백년 전에 했던 거야. 넌 흉내만 내는 가짜야. 또또가 말했고 당황한 나는 서둘러 대화를 마무리 지었다. 또또가 흥분하는 게 어처구니없기도 했지만 따지고 보면 틀린 말도 아니라는 생각이 든 것이다. 스페인어 문학을 번역하기 위해서 스페인어를 잘해야 한다고 생각하다니, 난 정말 답답한 인간이야! 21세기를 전혀 이해하지 못하는군! 보르헤스 만세!

또또의 블로그에는 로아 바스토스와 「요 엘 수프레모」에 대한 글도 꽤 여럿 있었다. 요 엘 수프레모는 한국어로 나, 최고, 요즘 말로 하면 나, 인자강 정도로 번역할 수 있는데 파라과이 최초의 독재자 호세 프란시아 박사를 다룬 역사 소설이었다. 나는 블로그에 비밀 댓글을 남겨야 하나 잠시 고민했지만 그만뒀다. 확인해보니 또또의 카톡 프로필은 (알수없음)으로 떴다. 내가 연락한다고, 댓글을 남긴다고 또또가 반가워할 거라는 보장이 없었다. 오히려 불편해서 더이상 블로그 업데이트를 하지 않을지도 모른다. 또또의 성격상 나를 신경 쓸 가능성이 별로 없었지만

알 수 없는 일이었다. 또또는 다른 사람은 안중에도 없는
것처럼 굴지만 동시에 다른 사람의 시선이 없으면 한 순
간도 견디지 못했다. 블로그가 전체공개인 이유는 그 때
문인지도 모른다. 나는 또또의 블로그를 염탐하기로 했다.

역사와 경쟁하기

외교관 집안 출신인 카를로스 푸엔테스는 일찌감치 문
학계의 스타가 됐다. 파나마시티에서 태어났지만 부에노
스아이레스, 상파울루, 워싱턴 D.C., 멕시코시티, 제네바
등을 떠돌며 다른 라틴아메리카 작가들은 범접할 수 없
는 폭넓은 시야와 어학 실력을 확보한 것이다. 게다가 외
모는 어찌나 잘생겼는지, 젊은 시절의 그를 본 사람들은
라틴아메리카의 클라크 게이블이라고 말했고 푸엔테스
는 이른 시절 찾아온 영광을 아낌없이 누렸다. 그에게 집
필은 사랑과 동일한 행위였다. 그의 창작욕은 생식력이
었고 펜 끝은 성기의 은유였으며 작품을 탈고할 때면 언
제나 연인을 갈아치웠다. 그의 딸은 집으로 전화를 해대
는 아버지의 연인들 때문에 노이로제에 걸릴 지경이었다.

하지만 푸엔테스에게 무엇보다 중요한 건 라틴아메리카 그 자체였다. 라틴아메리카는 무엇이었고 무엇이며 무엇이 되어야 하는가. 그는 자신을 옥타비오 파스 이후 라틴아메리카를 대표할 유일한 문화사절로 생각했다. 푸엔테스는 라틴아메리카의 거의 모든 작가를 알고 있었고 거의 모든 소설을 읽었으며 그중에서 가장 최고의 작품을 자신이 선별하고 홍보할 수 있다고 생각했고 실제로 실천에 옮겼다. 이름하여 '라 그란 노벨라 라티노아메리카나'La gran novela Latinoamericana. 그 때문인지 포스트 붐 이후 작가들 사이에선 푸엔테스를 놀림거리 삼는 게 일종의 유행이 됐다. 하지만 1960년대 후반에는 누구도 이런 미래를 예견하지 못했다. 이 붐은 막 심지에 불이 붙은 폭탄이었고 그 폭탄은 푸엔테스의 손에 들려 있었기 때문이다. 아무튼 독보적인 문화사절 푸엔테스는 1962년 출간된 에드먼드 윌슨의 「애국 고어」Patriotic Gore를 읽고 큰 충격을 받는다. 지금은 아무도 언급하지 않는 에드먼드 윌슨이지만 당시만 해도 그의 위세는 대단했고 흔들림 없는 사회주의자이자 아마추어 역사가이며 프로 저널리스트인 그의 위상은 푸엔테스가 지향하는 황금의 삼각형이었다. 1967년, 런던 햄스테드 북부의 펍 홀리 부시에서 마리오 바르가스 요사와 만난 푸엔테스는 우리도 우리만의 「애국 고어」를 써야 되지 않겠느냐고 제안한다. 자신은 카스트로의 눈 밖에 났고 CIA의 눈 밖에도 났으며 그 외 책을 읽는 모든 독재자들의 눈 밖에 났는데(하지만 문해력이 있는 독재자는 소수지, 볼리비아의 장군 엔리케 페냐란다의 어머니가 한 말을 떠올려보게나, 내 아들이 독재자가 될 줄 알았다면 읽고 쓰는 법을 가르쳤을 텐데!라고 푸엔테스는 덧붙인다) 아직도 라틴아메리카에 애국광에 대한 소설이 없는 건 이상한 일이라고, 서방세계가 우리에게 원하는 건 민족과 국가에 미친 사람의 일대기들이라고 푸엔테스는 말한다. 지금이야말로 역사를 써야 할 때라고 우리가 싸울 대상은 소련이나 미국이 아니라 우리의 과거라네, 우리는 역사를 반으로 접고 두번 접고 잘게 찢어 흐려진 능선과 희미한 지평선 사이를 끝없이 오가는 충동과 저주의 미스터리와 불덩이와 닭의 울음소리와 황금이 가득한 꿈의 들판 위를 달리는 열차 소리와 유령처럼 숲속을 걸어가는 시인들을 창조해야 한다고 푸엔테스가 말했고 마리오 바르가스 요사는 새하얀 앞니를 드러낸 맥주거품 같은 미소를 지으며 그 말을 듣고 있었다고 홀리 부시의 바텐더 노엘은 말했다고 또또는 썼다. 북아일랜드 출신인

바텐더 노엘은 아마도 독재와 민족주의, 종교적 갈등으로 인한 분쟁에 무엇보다 관심이 많았을 거라고, 어쩌면 몇 년 뒤 있을 피의 일요일을 예견하고 있었을지도 모른다고 또또는 덧붙였다.

결과적으로 푸엔테스의 애국-독재 앤솔러지 프로젝트는 좌초됐지만, 그의 의뢰를 받은 몇몇 작가들은 자신만의 아이디어를 발전시켜나갔다. 가브리엘 가르시아 마르케스는 「족장의 가을」을 썼고 일레호 카르펜티에르는 「국가의 이유」를 쓴 것이다. 로아 바스토스의 「요 엘 수프레모」 역시 푸엔테스의 제안으로 시작됐다.

그러나 내가 찾아본 바에 따르면 여기에는 다른 버전의 구전 설화가 있다. 이 버전에서는 아이디어의 입안자가 푸엔테스가 아니라 그의 동료이자 라이벌인 마리오 바르가스 요사다. 파리의 마텔 거리에 있는 훌리오 코르타사르의 아파트를 물려받게 될 운명의 온두라스의 유머 작가 아우구스토 몬테로소는 이렇게 증언한다. 그날도 평소와 다를 바 없는 평범한 라틴아메리카의 아침이었습니다. 거리에는 내장을 쏟아낸 시체가 즐비했고 배가 두둑이 나온 관료들은 차에서 내려 죽은 사람들의 주머니를 뒤적였지요. 저는 우편함에서 마리오의 편지를 발견합니다. 발신인의 주소는 파리 좌안이었습니다. 이 팔자 좋은 새끼, 라고 생각한 건 아니었어요. 서유럽이 멕시코시티보다 낫다는 보장은 없으니까요. 요사는 제게 독재자 소설을 써보지 않겠느냐고 제안했습니다. 저는 단칼에 거절했어요. 유럽에서 라틴아메리카를 풍자하는 소설을 쓰는 건 식은 죽 먹기,라고 생각했기 때문에 그런 건 아닙니다. 조금 그런 면이 있긴 하지만 그것도 나름의 미덕이 있지요. 저는 단지 이렇게 답장했습니다. "이 정도라면 쓸 수 있을지도 모르겠다. 그가 잠에서 깼을 때, 독재자는 여전히 살아 있었다."

여기서 우리가 기억해야 할 것은 몬테로소의 소설 「공룡」이다. 세상에서 가장 짧은 소설로 유명한 「공룡」의 전문은 다음과 같다. "그가 잠에서 깼을 때, 공룡은 아직 거기 있었다." 그러니까 몬테로소는 요사에게 자신의 소설을 패러디한 독재자 소설을 보낸 것이다. 하지만 중요한 것은 이것이 패러디라는 사실이 아니라 패러디에 어떤 단어를 사용했느냐 하는 것이다. '있었다'와 '살아 있었다'. 공룡이 공간적으로 특정 장소에 존재한다면, 독재자는 어디에 있는지 모르지만 살아 있다. 그들은 공룡과 달리 편재한다. 그래서일까? 독재자 아이디어에 관한 설화는 여기 또 있다. 아르헨티나의 트루먼 카포티로 알려진 토마스 엘로이 마르티네스는 1962년에 푸엔테스가 제일 먼저 독재자 아이디어를 냈다고 말했다. 콘셉시온대학에서 있었던 컨퍼런스에서 돌아온 직후였습니다. 새빌 로에서 맞춘 더블브레스티드 슈트를 입고 라임향이 나는 향수에 푹 젖은(다시 말해 무척이나 신뢰할 수 없는 차림의) 그가 말하더군요. 또마, 내 말을 들어보게. 핵심이 뭔지 아나? 오로지 젊은 작가들만이 독재자 소설을 쓸 수 있다는 거라네, 젊은 작가들만이 라틴아메리카에 대해 말할 수 있고, 젊은 작가들만이 과거에 붙들리지 않을 수 있다네.

　하지만 약관에 영화평론가가 된 마르티네스는 한번도 스스로를 젊다고 여긴 적이 없었다. 라틴아메리카 사람이라면 누구나 마찬가지입니다. 열살이면 다 자랐다고 생각하죠. 아니, 애당초 젊다는 개념은 존재해선 안 된다고 마르티네스는 말했다. 『가세타 델 수르』에 실린 마세도니오 페르난데스의 「자서전: 1번 포즈」에는 이런 문장이 있어요. 결국 현실이라는 존재는 우리가 가지고 오는 것이다. 마르티네스는 소설가들을 믿어서는 안 된다고, 그들은 오로지 과장하고 과장하고 또 과장합니다,라고 말하며 이것을 라틴아메리카만의 문제라고 할 수 있을까요, 하지만 라틴아메리카의 문제는 현실의 문제입니다,라고 말했다.
마리오 바르가스 요사가 말했듯이 소설이 진실을 말할 수
있는 이유는 소설에는 진실이라고는 눈곱만큼도 없기 때
문입니다.

더 맨 오브 뉴트럴 포인트 오브 뷰The Man of NPOV

또또는 중학교 때 처음 PC를 가졌다. 1999년 8월 김대
중정부의 사이버코리아21 프로젝트의 일환으로 보급되
기 시작한 국민PC 중 하나가 그의 손에 들어온 것이다.
셀러론433 CPU에 56kbps 모뎀, 8MB 그래픽카드, 40배속
이상의 CD롬 드라이브를 갖추고 인터넷망이 연결된 개
인용 컴퓨터가 친구들의 방마다 놓였고 발 빠른 녀석들은
금세 새로운 유통 경로를 개척했다. MP3 파일이나 야동,
각종 프로그램을 불법복제한 구운 CD를 학교에서 팔기
시작한 것이다. 또또 역시 그중 하나였고 얼마 되지 않아
또또는 가장 잘나가는 판매자가 되었다.
컴퓨터와 인터넷은 우리를 새로운 세계로 데려갈 열쇠

이자 문이었다. 지금 생각하면 유치하고 터무니없이 느껴질 수 있지만 그때는 그랬다. 처음 채팅을 하고 커뮤니티에 글을 올리고 블로그를 하고 처음, 정말 처음 내 글에 댓글이 달리고 방명록이 남겨졌을 때의 감각을 기억해보라. 실제보다 더 짜릿한 기분들, 누가 얼마나 관심을 보이는지, 무슨 얘기를 하는지 확인하기 위해 하루 수십번씩 들락날락한 시간들. 우리는 십대 중반이었고 세상이 어떻게 변할지 짐작조차 못했다. 호황과 불황을 끝없이 오가는 것처럼 막연히 잘되겠지, 존나 잘 살겠지 생각하거나 그게 아니면 왕따, 패배자, 루저만 안 되게 해달라고 비는 게 다였다. 새로운 꿈이 악몽으로 변하게 될지도 모른다는 생각 같은 건 하지 않았다. 우리를 연결하는 통로이자 문턱, 복도라고 믿었던 곳이 영원히 머물러야 할 장소라고, 문 뒤에 방이 아니라 또다른 문과 문이 나오고 평생 서성이며 살 거라고 믿지 않았던 것이다. 그러나 인터넷이 놀이, 취미, 오락에 불과하다고 가벼이 여기는 마음 한편에선, 그게 아니라는 사실을, 불투명한 언어의 구름이 우리 모두의 머릿속에 가득 차기 시작했다는 사실을 어렴풋이 알고 있었다.

또또는 초등학교 때 이미 동네에서 유명한 친구였다.

나와 다른 학교였지만 소문에 의하면 저쪽 학교에 굉장한 애가 있다고 했다. 축구도 잘하고 노래도 잘하고 공부도 잘했는데, 놀라운 건 주말마다 영천의 승마장에 승마를 하러 간다는 거였다. 중소기업을 운영하는 아버지가 런던 유학 시절부터 승마를 취미로 했다나. 또또의 아버지는 또또가 초등학교를 졸업할 즈음 교통사고로 죽었다. 경부고속도로에서 반파된 그의 차에는 내연 관계인 여자도 있었다고 하는데(그녀는 놀랍게도 거의 다치지 않았다고 했지만 확인된 바는 없었다) 그의 회사는 IMF로 부도 직전이었고 내연녀와 동반자살을 감행한 거라는 소문도 돌았다. 시체를 본 사람도 장례식도 없었다고, 그가 멀쩡한 모습으로 케이맨 제도의 어느 섬에서 세탁소를 운영한다는 이야기도 있었지만 누구도 감히 그런 걸 묻지 못했다. 나 역시 또또와 같은 학교 출신 친구들에게 듣기만 했을 뿐 물어볼 생각은 하지 않았다. 사실 중학교에서 그와 같은 반이 된 나는 말을 걸 엄두도 내지 못했다. 또또는 그때 이미 이두박근에 근육이 불끈불끈 올라왔고 쉬는 시간마다 축구를 했으며 수비 같은 건 절대 하지 않는 타입이었기 때문이다.

또또가 내게 말을 건 이유가 뭔지 모르겠다. 내가 읽

고 있던 소설 때문이었거나 듣고 있던 음악 때문이었거나 그랬을 것이다. 나는 국내에 다소 엉뚱한 제목으로 번역된 일본 판타지소설을 읽고 있었고 또또가 아는 척을 했던 거 같다. 이를테면 「세월의 돌」보다 「불멸의 기사」가 더 낫다, 같은 식으로 말이다. 하지만 얘길 해보면 또또는 「세월의 돌」도 「불멸의 기사」도 읽지 않은 것 같았다. 그냥 그렇게 얘기하는 걸 들었던 것이다. 그것도 직접 들은 건 아니고 게시판에서 형들이 하는 얘기를(들은 게 아니라 읽은 거라고, 읽은 게 아니라 본 거라고 해야 할지도 모르겠다). 음악도 마찬가지였다. 내가 N.EX.T를 듣고 있으면 또또는 스트로크가 어떻고 속주가 어떻고 따위의 말을 늘어놓았는데 그것 역시 게시판에서 주워들은 이야기였다. 이런 걸 들어야지 하면서 또또가 건네준 건 오지 오스본의 『블리자드 오브 오즈』였고 우리는 나란히 앉아 「굿바이 투 로맨스」를 듣고 오지 오스본이 박쥐 머리를 물어뜯는 아이오와의 전설적인 콘서트 영상을 봤다.

또래와 달리 컴퓨터가 없던 내게 또또가 전해주는 이야기는 낯설고 충격적이었다. 우리 집에 컴퓨터가 생긴 건 스무살이 훌쩍 넘은 뒤로 그때까지 나는 친구들이 하는 이야기를 잠자코 듣기만 했다. 애들은 나를 바보나 별종 취급했지만 기분이 나쁘진 않았다. 내가 별종이었던 건 어느 정도 사실이니까. 그러나 유일하게 마음이 무거웠던 경험이 있다. 고등학교 이학년 때였을 것이다. 교육부에서 PC 보급 실태 조사를 위한 설문을 내려보냈다. 담임선생은 평소처럼 조회시간에 조사를 했다. 집에 컴퓨터 없는 사람 손 들어,라고 한 것이다. 나는 아무 생각 없이 손을 들었는데 둘러보니 손을 든 사람은 나밖에 없었다. 컴퓨터가 없는 게 잘못된 거라는 생각을 한 건 그때가 처음이었다. 그즈음 PC방 열풍이 불기 시작했고 나는 친구들을 따라 스타크래프트나 레인보우 식스 따위의 게임을 배우고 얼추 흉내 내며 플레이했지만 어느 편에 속해도 도움이 되지 않았다. 흔히 말하는 좆밥이었던 것이다. 이 표현을 얼마나 많이 들었는지 모르겠다. 좆밥. 팀킬을 안 하면 다행인, 있으나 마나 한 존재. 무존재.

또또는 그런 나를 매번 챙겨주는 녀석이었다. 아버지가 돌아가신 뒤 또또의 성적은 날이 갈수록 떨어졌고 어딘지 모르게 불만이 가득했지만 학교에선 여전히 리더였다. 친구들이 원하는 음악이나 영상의 유통경로를 꽉 잡고 있는데다 구운 CD를 판 덕에 주머니가 두둑했던 것이다. 당시 구운 CD는 엑스터시나 마리화나와 다를 바 없었다.

하지만 또또가 인생 처음 발목을 잡힌 것도 그 때문이었다. 발단은 또또가 아니었다. 당시 유행하던 음란물 사이트가 있었는데, 우리 학교에 운영진 중 하나가 있었다. 이과 반의 Y모 군으로 학교에 잠을 자러 오는 녀석이었다. Y모의 잠은 전설적인 것이어서 자느라 점심을 거르고 자느라 체육 시간을 거르고 심지어 맞으면서도 자곤 했다. 그땐 밤새워 게임을 하나 생각했는데 알고 보니 사이트를 운영하고 있었던 것이다. 경찰 조사에 따르면 대구 달서구의 본진에 서른살 먹은 총책임자가 있고 그가 인터넷에서 만난 고등학생 몇몇과 합세해 사이트를 개설하고 유료 회원들에게 동영상을 제공했다고 한다. Y모는 사이트 개설 때부터 관여한 멤버로 프로그래밍 실력도 좋지만 중학교 때부터 수집한 야동 컬렉션이 어머어마하다는 소문이었다. 문제는 이 사이트발 야동이 우리 학교 학생들에게는 또또의 구운 CD를 통해 공급되었다는 사실이다. CD 한장당 얼마였을까. 삼천원? 오천원? 만원? 이제는 전혀 기억나지 않는다. 기억에 남아 있는 건 복도를 가득 메운 학생들의 웅성거림, 그 사이를 헤치고 나가는 경찰과 그들에게 팔꿈치를 붙들린 Y모군, 움츠러들거나 부끄러워하는 기색 없이, 히죽하는 Y모군의 표정 정도다. 그 모습은 어딘가 자료화면에서 본 부당한 권력에 끌려가는 운동권 투사를 떠올리게 했다. 반면 다음에 끌려간 또또의 표정은 무거웠다. Y모와 달리 또또는 학교에서 나름의 명망이 있었고 미래에 대한 계획도 있었다. 명문대에 진학하고 화목한 가정을 꾸리고 사회적으로 성공한 삶을 사는, 그런 식의 애매모호한 삶에 대한 기대가 있었던 것이다. 고등학교 때 또또의 롤모델은 케네디 가문이었다. 여기서 중요한 건 존경의 대상이 존 F. 케네디가 아니라는 거다. 좀 이상하지만 또또가 원했던 건 케네디가(家)였다. 그게 개인이 원할 수 있는 목표인지 모르겠지만 말이다. 또또는 역사가 오십년 이상 된 전통 있는 브랜드의 옷만 입었고 음악을 들을 때는 레이블의 계보를 따졌다. 어린 시절 이미 영어가 입에 밴 그의 표현에 따르면 '헤리티지'가 핵심이었는데, 나를 비롯한 다른 친구들은 헤리티지라는 단어를 또또에게 처음 들었으니 그와 우리의 차이에 대해선 더이상 말할 필요가 없을 것이다.

　그때는 또또의 특징들을 그저 별스러운 취향 정도로 생각했다. 하지만 돌이켜 생각하면 그 요소 하나하나에 또또의 현재가 존재하고 있었다는 생각을 지우기 힘들다. 또또가 몰입하고 믿고 실천했던 모든 것이 그즈음 시작된 것이다.

　로아 바스토스는 이렇게 쓴다. "아순시온, 도시들의 어머니. 도시를 설립한 도시." 이런 이야기도 나온다. 아순시온의 공기는 건강에 치명적이다. 이곳의 공기를 마시는 애완견은 시름시름 앓기 시작해 일주일도 안 돼 죽을 것이고 유럽에서 온 이주자들은 정신착란 증세를 일으켜 똥과 오줌을 구분 못하고 흙을 파먹고 서쪽 달을 향해 쉼 없이 걸어갈 것이다. 독재자는 부에노스아이레스에서 직접 공수해 온 전용 목욕물로 매일 더러운 공기를 씻어낸다. 하인들은 독재자가 사용한 물을 끓여 식수로 이용한다.

　또또는 프랑크푸르트와 상파울루를 거쳐 파라과이의 수도 아순시온에 도착했다. 총 56시간이 걸렸다. 그 시간 동안 그는 「요 엘 수프레모」를 읽었고 나무위키 피해자 연합 사이트에 글을 올리고 위키피디아의 설립자인 래리 생어의 인터뷰를 봤다. 또또에겐 동행이 있었다. 그는 1.224.43.59라는 아이피 주소를 가진 사내로 또또가 나무위키 운영진과 편집전쟁을 벌일 때 유일하게 또또의 편을 든 사람이었다. 또또는 그를 59(오구)라고 불렀다.

　또또가 아순시온으로 향한 이유는 일견 단순했다.

나무위키의 대표인 우만레Umanle를 만나겠다는 거였다. 나무위키의 운영사인 umanle S.R.L.은 파라과이 법인으로 본사가 아순시온에 있다. S.R.L.은 Sociedad de Responsabilidad Limitada의 준말로 유한책임회사라는 의미이다. 주소는 Av Gral Máximo Santos 2009, Asunción, Paraguay. 위도와 경도는 다음과 같다. 25.316183229441332, 57.61951831349316. 나무위키의 본사가 왜 파라과이에 있는지는 알려져 있지 않다. 원래 운영자인 namu가 서버 비용을 감당하지 못해 한국계 파라과이인인 umanle에게 팔았다 정도의 소문만 있다. umanle는 거꾸로 읽으면 le namu다. 이 때문에 웹에는 umanle와 namu가 동일인물 또는 umanle는 바지사장이며 법망을 피하기 위해 파라과이 법인을 세웠다는 음모론이 떠돈다. 더구나 서버는 슬로바키아의 브라티슬라바에 있으니 음모론이 자라기 적절한 환경이다. 구글맵에는 해당 사업체에 대한 열개의 리뷰가 있다. *"Paper company"* @냥냥이, 별점 1. *"우만레는 나무 위키 독재를 중단하라"* @구독안하면프사중한명니미래모습, 별점 1. 평균 별점은 1.8점이지만 별 다섯개를 준 사용자도 있다. '바다요정'이라는 사용자는 "나는 우만레에서 매우 좋은 경험을 했다"는 리뷰를 남겼다. 구글맵에 그가 남긴 다른 평점은 없다.

또또는 2015년 나무위키가 만들어질 당시부터 활동한 초기 멤버로 가장 활발하고 신뢰성 높은 나무위키 기여자였다. 나무위키가 서브컬처를 바탕으로 한 시시껄렁한 농담 위주의 위키에서 한국어 위키피디아를 넘어 국내 칠위 규모의 사이트로 성장하는 과정을 함께한 것이다. 사람들은 좆무위키, 꺼무위키라며 멸시하지만 또또의 시각에선 일시적인 문제였다. 지금은 대학생들이 리포트를 쓸 때 베끼지만 곧 있으면 교수들이 논문을 쓸 때 나무위키를 표절할 것이고 국립국어원은 나무위키를 기준으로 표준국어대사전을 편집할 것이며 법제처는 나무위키를 기준으로 심의를 진행할 것이다. 심지어 벌써 그렇게 됐다. 2021년 12월, 대선을 앞둔 윤석열 캠프는 네이버도 다음도 유튜브도 아닌 나무위키를 공약을 알릴 플랫폼으로 선정했다. 수천만 국민의 집단지성이 나무위키에 집약될 것이라고 믿은 것이다. 또한 캠프는 노선 페이지를 열어 누구나 공약을 쓰고 수정할 수 있게 한다고 발표했다. 2021년 12월 12일자 SBS기사, "나무위키가 공약 플랫폼이 된다?" godee****님은 이 기사에 다음 댓글을 남겼다. "ㅋㅋㅋㅋㅋ ㅎㅎㅎㅎㅎㅎ"

하지만 또또는 이 사태를 진지하게 받아들였다. 거대한 전환으로 향하는 첫 발걸음이며 나무위키가 한단계 도약할 시기가 왔다고 판단한 것이다. 가장 큰 걸림돌은 운영진의 존재였다. 지식은 만인에게 열려 있고 만인이 공유해야 하며 모든 시각과 입장은 동등하게 고려되어야 하는데, 운영진이 편집권을 독점하고 있었다. 나무위키의 편향성은 인터넷 사용자가 아니라 운영진의 문제였다. 사이트를 대중에게 돌려주면 보이지 않는 손이 알아서 공정한 지식의 공간을 탄생시킬 것이다. 또또에게 정보의 퀄리티는 문제가 아니었다. 오히려 낮은 전문성, 아마추어리즘이 개방성의 핵심이었다. 또또는 전문성을 환상이라고 생각했다. 전문가란 거대한 오류를 향해 가고 있으면서도 세세한 잘못은 결코 저지르지 않는 사람이다: 마셜 맥루언.

또또의 주장 모두를 여기 옮길 순 없을 것이다. 중요한 건 또또의 혁명 또는 쿠데타가 씨도 먹히지 않았다는 사실이다. 해당 토론이 이루어진 스레드를 보면 눈물이 앞을 가린다. 또또는 이길 수도 없고 공감할 수도 없는 싸움을 벌이고 있었다. 가끔 59가 그를 돕긴 했지만 영향은 미미했다.

토론에서 밀린 또또가 택한 건 반달이었다. 반달리즘의

줄임말인 반달은 위키의 문서를 고의로 훼손하는 행위를 말한다. 또또는 여러 아이디로 접속해 문서를 악의적으로 편집하고 관리자들의 신상을 털었으며 가짜 뉴스, 음모론, 비방으로 가득한 페이지를 만들었다. 또또의 계정은 이러한 반달행위 때문에 영구 차단당했다. 또또는 자신의 행위를 단순 반달이 아닌 풍자적 행위예술이라고, 사람들의 사유와 반성을 촉구하는 기예이며 고결한 의미의 트롤링이라고, 자신은 누명을 쓴 거라고 항의했지만 아무도 그의 말을 듣지 않았다. 또또는 나무위키의 대표인 우만레를 직접 만나 소명할 생각이라고 했다. 나아가 위키를 해방할 거라고 했는데 나로서는 그게 어떻게 가능한 일인지, 왜 그래야 하는지 이해할 수 없었다. 내가 또또와 멀어진 이후 무슨 일이 있었던 걸까. 또또는 왜 이런 일에 집착하는 걸까. 그와 떨어져 지낸 이십여년 동안 또또의 인생에 무슨 일이 있었는지 짐작조차 할 수 없었다. 또또의 블로그에는 그가 거쳐온 각종 커뮤니티 사이트와 포털의 팬카페, 블로그 플랫폼 등에 대한 기록이 있었지만 연대기 순으로 정리되어 있지 않아 파악하기 어려웠다. 내가 알 수 있는 건 또또가 아순시온에서 대미를 장식할 생각이었다는 것이다. 그가 수행하고 봐온 모든 인터넷 투쟁의 역사, 문화전쟁을 기록하고 그 결말을 남길 거라고 말이다.

숙소인 엘 비아혜로 호텔에 짐을 푼 그날은 12월 중순이었지만 한국의 여름보다 더 더웠다. 또또는 땀에 흠뻑 젖은 채로 테이블에 앉아 블로그에 글을 썼다. "집단 지성이란 무엇인가? 그것은 어디에나 분포하며, 지속적으로 가치 부여되고, 실시간으로 조정되며, 역량의 실제적 동원에 이르는 지성을 말한다." 테이블에 놓인 은색 선풍기가 틱틱 소리를 내며 돌아가고 있었다. 59는 창문을 열고 사이렌 소리가 들리는 쪽을 향해 고개를 길게 뺐다. "집단 지성의 토대와 목적은 인간들이 서로를 인정하며 함께 풍요로워지는 것이지 물신화되거나 신격화된 공동체 숭배가 아니다."

저기 좀 봐요.

59가 어딘가를 가리켰지만 또또가 앉은 자리에서는 보이지 않았다. 또또의 눈에는 59의 어깨 너머 펼쳐진 아순시온의 낮은 시가지와 적색으로 물든 라틴아메리카의 구름만 보였다.

"소돔의 죄는 무엇인가. 그것은 환대의 거부이다."

리즈 위더스푼 게이트

리즈 위더스푼 게이트는 외래어 표기법이 아니라 성폭력 특례법에 대한 논쟁이었다고 해도 믿을 정도로 엄청난 논란이 있었던 사건이다. 온갖 폭로와 증오, 선동, 분열, 가짜뉴스와 패드립이 난무했다. 이 사건을 모르는 사람은 이해할 수 없을 뿐더러 전개 과정을 따라잡는 것조차 힘들 것이다. 하지만 리즈 게이트에는 허구와 사실의 경계를 무너뜨리고 인식의 지평을 의심의 법정에 회부하는 핵심적인 문제가 있다. 그러니 어떻게든 정리할 필요가 있다. 위키 계열 사이트에서 처음부터 문제가 됐던 건 외래어 표기법이었다. 호나우두인가 로날도인가, 요한슨인가 조핸슨인가, 레오나르도 디카프리오인가, 리어나도 디캐프리오인가. 외래어 표기법 기준으로는 리어나도 디캐프리오가 맞다. 원어에 최대한 가까운 발음으로 표기하는 게 맞는다면 디캐프리오가 아니라 디캡후리어라고 해야 한다고 주장한 네티즌도 있지만 말이다. 하지만 리스/리즈 위더스푼 전까지는 대략적인 합의가 이루어졌다. 문제는 redpill이라는 유저가 정부·언론 외래어 심의 공동 위

원회 제69차 회의(2006. 5. 25)에서 정한 '리스 위더스푼'
이 여성주의에 편향된 결정이라고 주장한 데서 시작됐다.
redpill의 논지는 간단했다. 리즈 위더스푼은 페미니스트
고 공동 위원회에 페미니즘 성향의 학자가 있으며 이들이
역사를 편향된 관점으로 다시 서술하기 위해 기존에 쓰던
리즈를 리스로 대체했다는 것이다. 모든 광풍이 지나간
뒤 이 사태를 보는 내 입장에선 이게 무슨 소리인가 싶지
만 redpill의 주장은 거대한 도화선이 되었다.

　Chuck8은 리즈 위더스푼과 라이언 필립이 이혼한 이
유가 위더스푼의 상습적인 무시와 멸시 때문이었다는 내
용의 게시물을 올렸다. 필립이 2002년 오스카 시상식에
서 위더스푼에게 "니가 나보다 더 잘 벌잖아, 그러니까 니
가 발표해"라고 한 말을 보면 알 수 있다는 거였다. 이혼
후 라이언 필립의 커리어가 곤두박질친 것도 스탠퍼드 출
신인 할리우드 실세 위더스푼이 손을 쓴 탓이었다. 미국
의 커뮤니티 사이트인 레딧과 포챈에는 리즈 위더스푼의
만행에 대한 증거가 가득하다고 Chuck8은 주장했다. 여
론은 순식간에 리즈로 기울었다. 그때 '마침법파괘자'라
는 유저가 등장해 redpill과 Chuck8의 이야기가 근거 없
는 가짜뉴스며 여성혐오적이라고 반박했다. 이 글을 계기

로 리즈파들은 집단적으로 마침법파괴자를 비롯한 리스파의 여러 계정을 해킹했다. 리스파가 여성인 마침법파괴자를 중심으로 친목질을 일삼는 페미니스트 무리 또는 종북좌빨이라는 폭로가 쏟아졌고 마침법파괴자가 오래된 남친을 버리고 열살 연상의 치과의사와 결혼한 간호사라는 신상털이가 이어졌다(근거 없는 거짓으로 판명 났다). 더 급진적인 리즈파들은 공동 위원회 명단을 뒤져 페미니스트를 솎아낸 뒤 그들의 가족과 직장 동료들을 조롱하는 메시지와 영상, 짤방을 보냈다. 신원을 밝힐 수 없는 공동위원회 소속 언어학자의 남편은 현피에 대비해 삼단봉을 가지고 다녔다는 웃지 못할 후기를 전하기도 했다. 한국어 위키피디아에서 시작된 이 논쟁은 결국 엔하위키, 디시인사이드, 웃대, 베스트드레서, 루리웹으로 번졌으며 대부분의 사이트가 서로에 대한 비방과 욕설로 도배됐다. 보다 못한 위키 운영자가 리스/리즈 언급을 금지했지만 이는 결국 운영진 전체 교체라는 결과를 초래했다.

또또는 이 모든 사태를 관망하며 이러한 부작용은 인터넷 문화가 겪어야 할 필연적인 문제로 여기엔 관습인가 원칙인가, 프로인가 아마추어인가, 질서인가 혼돈인가라는 시대를 초월하는 프레임이 내재한다며, 이름을 규정하는 것이야말로 역사와 존재에 대한 형이상학적인 결단이라는 주장을 폈다. 이름은 그 사람을 마비시키는 일격이며 그는 결코 거기서 회복되지 못한다: 마셜 맥루언. 리즈게이트는 인터넷 안에서의 논쟁으로 끝나지 않았다. 고종석은 『신동아』에 게재한 「과도한 원음주의 경계해야」라는 글에서 당시 진행 중이던 논쟁에 대해 서술함으로써 환호와 비난을 함께 받았다. 칼럼니스트 조승민은 패션 잡지에서 이 문제를 다뤘다가 입에 담지 못할 욕설로 가득한 메시지 테러를 당했다. 그가 한 말은 관용적인 표현으로 인정할 만큼 역사가 깊지 않은 단어의 경우 정부 기준을 따르는 것이 혼란을 줄이는 데 도움이 된다는 극히 상식적인 내용이었는데 이 때문에 '보빨러'라느니 '씹병X' 등의 욕이 날아온 것이다. 그러자 그를 옹호하는 일군의 사람들이 나타나 반대진영을 나치, 파시스트, 포퓰리스트라고 비난했고 이 기이한 광기를 타고 일본 애니메이션 오타쿠, 씨네필, 남성연대, 래디컬페미, 극우 게이머가 결집해 전선을 이루었다. 이후 영화/미술 평론으로 등단해 좌우를 구분하기 힘든 독특하고 악마적인 사상을 전파하는 담론의 이단아 김익도 논쟁에 편승해 커리어를 쌓고 인터넷 셀러브리티의 지위를 확보했다.

그래서 결론적으로 리즈 위더스푼이라는 걸까 리스 위더스푼이라는 걸까. 논란의 결말은 더이상 아무도 기억하지 못했다. 중요한 건 이 사태가 이후 무수히 이어진 논쟁들처럼 각 파벌들이 품고 있는 좌절과 실패, 사회적 욕망에 대한 집착으로 변해갔으며 그것은 결코 가상의 현실에서 벌어진 일이 아니었다는 사실이다. 또또는「요 엘 수프레모」를 인용하며 리즈 게이트에 대한 게시글을 마무리한다. "독재자 프란시아 박사는 이렇게 말한다. 나는 역사를 쓰지 않는다. 나는 역사를 만든다. 나는 역사를 내 의지대로 다시 쓰면서 진실과 가치를 바로잡고, 강조하고, 풍부하게 만들 수 있다."

영원한 9월

　하람베는 브라질의 빈민가 파벨라Favela에서 태어났고 남자를 좋아하는 남자라는 이유로 범죄조직인 코만도 베르멜료comando vermelho에서 제명당했지만 이젠 그딴 건 신경도 쓰지 않는다고 말했다.

　트랑킬로, 아미고tranquilo, amigo.

안심해라, 친구야. 모든 것이 잘될 것이다. 그게 바로 펑크 카리오카Funk Carioca를 따라 부르며 알게 된 거라고 하람베는 말했다. 펑크 카리오카는 마이애미 베이스와 브라질 전통 리듬이 혼합되어 탄생한 민중의 음악이었다. 그는 낡은 보트의 모서리를 붙들고 있는 또또와 59에게 말했다. 트랑킬로 아미고스. 진정해라, 친구들아. 나는 이제 동성애라는 지독한 병을 치료했으니 물 위를 건너는 것은 일도 아니니라.

코스타네라해변을 떠난 보트는 남쪽으로 흐르는 파라과이강의 물살을 천천히 가로질렀다. 또또와 59는 하람베가 운전하는 보트에 앉아 멀어지는 아순시온의 시가지를 바라봤다. 텁텁한 바람 속에서 미래에 대한 불확실한 자부심이 느껴졌다. 나는 실패했지만 위대한 실패자라고, 위대한 실패는 진실을 전달하는 가장 힘이 센 매체라고 또또는 생각했다. 반면 하람베는 자신의 성공을 굳건히 믿고 있었다. 펑크 카리오카를 파라과이에 이식한 펑크 과라니Funk Guaraní의 창시자로서 MC 포제 데 로토처럼 리우 데 자네이루의 대저택에 살며 숨이 멎을 정도로 섹시한 인플루언서 여자친구와 라틴아메리카의 모든 빈민가에서 순회공연을 할 거라고, 거리의 모든 시정잡배들이 질투와 선망의 눈길로 자신을 바라볼 거라고 말했다.

하람베는 또또보다 한참 어려 보였지만 정확한 나이는 알 수 없었다. 각도를 달리하면 훨씬 늙은 것 같기도 했다. 인디오와 백인이 섞인 적갈색 피부에 어린 시절 피부병을 앓은 것처럼 얽은 얼굴, 커다란 이를 한껏 드러내며 천진하게 웃지만 입을 다물면 눈꺼풀과 광대를 장식한 타투 때문인지 고요한 살기가 감돌았다. 격식을 차린 힙합 스타일의 하람베는 삼십도가 넘는 날씨에도 검은색 리넨 블레이저와 나이키 캠모자를 벗지 않았다.

59는 디스코드의 급진우파채널 MATtR에서 하람베를 만났다고 했다. 디스코드에는 급진주의자들을 위한 비밀 네트워크가 형성되어 있는데 접속하려면 까다로운 입문 절차를 거쳐야했다. 특히 동양인이 서구 채널에 입장하는 건 쉽지 않았다. 59는 유전체분석기업 23andme에서 혈통 검사를 받고 질문지를 작성하고 면접을 본 후에 입회할 수 있었다. 그것도 확실한 보증인이 있었기에 가능한 일이었다. 유년시절 뉴질랜드에서 함께 자란 59의 친구가 MATtR의 간부 계급이었다. 그는 MATtR이 세계화 플랜을 짜고 있다는 사실을 알려줬다. 각 지역의 전통성, 민족성, 로컬리티를 지키고자 하는 순수주의자를 모으고 있다는 거였다. 최고사령관인 스톰프런트는 MATtR이 흔해 빠진 백인우월주의자 그룹과는 다르다는 사실을 강조했다. 중요한 건 엘리트들의 음모에 맞서 문화전쟁을 치러낼 순수주의자들의 동맹을 결성하는 것이다.

59와 하람베는 MATtR이 허락한 최초의 비백인 신입 회원 중 하나였고 전략 시뮬레이션게임 「하츠 오브 아이언 Ⅳ」를 함께하며 친해졌다. 둘 모두 팔랑헤당을 플레이하거나 밀레니엄의 여명 모드로 플레이하는 걸 즐겼다. 하지만 그들을 뭉치게 한 것은 무엇보다 '인종 청소'라는 공통의 목표였다.

물론 게임에서죠.

하람베와 59가 키득거렸다. 반면 이쪽 세계에 대해 아는 게 없는 또또는 무표정한 얼굴로 그들을 바라봤다.

풀파시는 아니죠?

하람베가 물었다.

그게 뭔데요?

풀리-파시스트라고, 예전의 네오나치를 뜻하는 말이에요.

59가 대신 대답했다.

또또가 고개를 저었다. 파시즘에 공감하는 면이 있었지

만 파시스트는 아니었다. 하지만 또또의 생각에 진짜 문제는 파시즘이 아니라 일상화된 검열이었다. 사상의 자유를 금지하면서 정의로운 척하는 위선적인 태도가 파시즘보다 더 파시즘적이었고 그런 흐름이 인터넷에 영향을 미친다는 사실이 끔찍했다.

바로 그거죠.

하람베가 미소를 지으며 주먹을 내밀었다. 또또도 주먹을 내밀어 맞부딪쳤다.

그래서 무기를 어디 쓸 거라고?

하람베가 말했다.

쓰진 않을 거야. 59가 말했다.

하람베가 고개를 끄덕였다.

무슨 말인지 아는데 그래도 얘기는 해야 돼. 아니면 무기는 없어.

59가 또또를 쳐다봤다. 또또는 목덜미에 흐르는 땀을 닦아냈다. 몸이 녹은 아이스크림처럼 끈적였다. 희뿌연 빛 사이로 모습을 드러낸 새가 마을 방향으로 날아갔다.

파파가요papagayo.

앵무새라는 뜻이었다. 지금 우리가 가는 차코이 마을에는 앵무새가 많다고, 대대로 그래왔다고 하람베가 말했다.

옛날에 마을에 살던 부자들이 애완용으로 길렀거든.

파라과이가 브라질, 아르헨티나, 우루과이 삼국과 홀로 맞선 삼국동맹전쟁 시기 동안 파라과이 남성 대부분이 죽었고 그날 이후 차코이 마을의 앵무새도 주인 잃은 신세가 되었다. 그러나 그들은 주인의 언어는 잊지 않았다. 삐라구에-! 삐라구에-! 앵무새가 거리의 상인처럼 크게 소리쳤다. pyragiie는 밀정을 뜻하는 과라니어다. 하람베가 손가락으로 권총 모양을 만들어 앵무새를 겨냥했다.

차코이 마을에는 코만도 베르멜료 출신 무기상이 있었다. 소문으로는 교도소에서 조직이 결성된 1970년대부터 멤버였다고 하는데 정확한 나이는 누구도 몰랐다. 크게 쌍꺼풀 진 눈, 짧게 자른 흰 수염, 여유로운 미소를 지닌 그는 염소를 키우며 둘세 데 레체와 마리화나를 넣은 치파를 팔았고 삶을 즐겨야 한다고, 매번 웃으라는 충고를 건넸다. 하지만 그건 위장이라고 하람베가 말했다.

그는 매우 진지한 사람이야.

우리도 진지해. 59가 말했다.

보트가 살짝 기우뚱하며 속도를 줄였다. 어느새 건너편 해안이 가까워지고 있었다. 정확히 말하면 해안이 아니라 강변이지만. 이곳에선 모든 지명이 바다의 것이었다.

무기가 왜 필요한지 말해야 돼. 거짓말은 안 돼.

하람베가 말했다.

또또는 호신용으로 지니고 있을 거라고 말했다. 내일 갈 곳은 IT기업으로 내부 기밀을 알고 있기 때문에 위험할 수도 있다. 일이 끝난 후 무기를 돌려줄 생각이다. 안전장치가 채워져 있는 상태 그대로, 한발도 쏘지 않은 상태 그대로.

하람베가 고개를 저었다.

그러면 안 되지, 이 친구야.

보트가 툴툴 소리를 내며 선착장에 닿았다. 둑 아래 수풀 사이로 나무판 몇개만 떠 있을 뿐 적막하고 스산한 풍경이었다. 하람베는 뱃머리에 서서 또또를 내려다보고 있었다. 또또는 총을 가져간다는 아이디어가 왜 나왔는지 생각했다. 어젯밤에 59와 하람베가 자신을 부추긴 것 아닌가. 무기가 있어야 이야기가 잘 통할 거라고, 여기에선 다 그렇게 한다고, 총이 없는 혁명군을 생각해봤나, 그건 보디빌더가 채식을 하는 것과 같은 거야,라고 했던가. 약 때문인지 술 때문인지 대화 내용이 잘 기억나지 않았다. 하지만 한국에 돌아가지 않을 거라고 말한 것은 정확히 기억할 수 있었다. 사람들은 하루 종일 스마트폰을 들여다보면서도 진실은 볼 줄 모른다. 지구 반대편에서 어떤 일이 일어나고 있는지 깨달아야 한다.

보트에서 내린 세 사람은 차도와 인도의 경계도 없고 숲과 마을의 경계도 없는 길을 걷기 시작했다. 또또는 몸이 뜨거워지는 걸 느꼈다. 흙바닥에서 올라오는 열기 때문인지, 기분 탓인지 알 수 없었다. 59는 걷는 내내 고개를 까닥하며 욕을 뱉었다. 좆도 아니지, 좆도 아니지. 59가 중얼거리는 말이 주문처럼 귓전에 울렸다. 가로등이 나오고 얼마 되지 않아 나란히 늘어선 허름한 벽돌집들이 보였다. 거리에는 노점이 드물게 있었고 사내들은 엉덩이를 긁으며 또또 일행을 쳐다봤다.

무기상은 묘사와 똑같이 생겼지만 하람베처럼 말이 많은 타입은 아니었다. 웃으라는 충고는 건넸지만 정작 본인은 웃고 있지 않았다. 또또와 59는 흙바닥에 내팽개쳐진 플라스틱 의자를 세우고 그 위에 앉아 무기상이 건네는 마리화나를 피웠다. 또또는 마리화나가 처음이었다. 입에 물고 가만히 있자 59가 그를 보며 말했다. 이거 좆도 아니에요.

하람베가 모자를 거꾸로 돌려쓰고 천천히 연기를 뱉었다. 또또는 무기상에게 무기를 사용할 생각이 없다고, 호신용으로 가지고 있기만 할 거라고 말했다. 자신은 정당한 권리를 주장하기 위해, 자유를 찾아서, 진실을 폭로하기 위해 여기 온 것이지 폭력을 쓰러 온 게 아니라고 말이다.

앵무새가 머리 위를 천천히 돌고 있었다. 바닥에 떨어진 잔가지들 사이로 도마뱀이 지나갔고 59는 바닥에 침을 뱉었다. 좆도…… 좆도……

무기상은 멕시칸 룰렛에 대해 들어봤냐고 했다. 또또는 고개를 저었다. 머리가 지나치게 천천히 움직였다. 꼭 머리가 두개로 나뉘어서 하나가 먼저 이동하고 그 뒤에 다른 하나가 이동해 겹쳐지는 것처럼. 무기상이 말했다. 1920년, 멕시코시티에서 아르헨티나의 소설가 바르가스비야의 방문을 환영하는 파티가 열렸다. 작가, 지식인이 스무명가량 모인 그날 파티에서 언제나 그렇듯 사람들은 만취했고 개들은 짖었고 시인들은 바닥을 기었다. 그때 한 사람이 겨드랑이에 찬 리볼버를 뽑았다. 러시안 룰렛이 약실을 비우고 한발의 총알만 넣는 거라면, 멕시칸 룰렛은 여섯발을 다 채웁니다. 그리고 리볼버를 공중에 던지는 겁니다. 땅에 떨어지면 충격으로 총알이 발사될 수도 있고 발사되지 않을 수도 있습니다. 총알이 발사되면 사람이 맞을 수도 있고 맞지 않을 수도 있지요. 어쩌면 개가 맞을 수도 있구요. 그는 총을 한껏 들어올렸다.

어떻게 됐을 거 같나?

무기상이 말했다. 또또는 무기상의 목소리가 등 뒤에서 들린다고 생각했다. 나무 위에 숨어 있는 요원들이 우리를 체포할 거라고 생각했고 과라니어를 할 줄 안다고, 이제 로아 바스토스의 소설을 원문으로 볼 수 있겠다고 생각했다. 더이상 두려울 게 없었다. 나, 또또는 떳떳하고 누구에게도 피해를 주지 않았다. 내가 바라는 건 그저 행복한 삶을 사는 것이고 사람들이 서로를 진심으로 대하는 것이다. 몸이 점점 뜨거워져서 터질 것만 같았다. 하나, 둘, 하나, 둘, 하나, 둘……

괜찮아?

하람베가 또또의 뺨을 툭툭 쳤다. 그때 털썩 하고 59가 바닥에 드러누웠다. 하람베가 쪼개며 59의 곁으로 다가갔다. 그는 바닥에 무릎을 꿇더니 59의 입술에 입을 맞췄다.

하람베…… 59가 중얼거렸다.

응. 하람베가 대답했다.

59가 입에서 토사물을 뿜어냈다. 건더기 같은 것들이 솟아오르며 하람베의 얼굴에 튀었다.

씨발, 이게 뭐야.

그날 밤, 차코이 마을을 떠나는 보트 위에서 또또는 해
안가의 풀숲 사이에 피워놓은 횃불을 보았다. 그건 보트
가 올 방향을 알려주기 위해 켜져 있는 거라고 누군가 알
려줬다. 또는 그건 꿈에서 본 것이지 현실이 아니라고 말
했다. 마약 성분의 구름이 밤의 강 위를 떠돈다. 보트의 짐
칸에는 또또와 59가 쓸 무기가 가득하다. 또또는 자신이
너무 멀리 왔음을 깨닫는다. 모든 일이 너무 쉽거나 너무
어렵다. 트랑킬로, 아미고. 진정해라, 친구야. 하람베의 얼
굴을 한 앵무새가 말한다. 인간의 언어는 죽은 언어이니
언어를 살아 있게 하라. 부서지고 조악한 언어들로, 매일
새롭게 태어나는 언어들로, 끝없이 반향하는 언어의 그림
자로 가득하게 하라.

　어느 영화의 엔딩에서 말한 것처럼 우리 모두 당장 접
속을 끊고 거리로, 세상으로 나가야 하는 걸지도 모른다.
하지만 그게 가능하지 않다는 사실을 우리는 알고 있다.
우리가 영웅이 되고 정의가 실현되는 진짜 세상 따위는
존재하지 않는다. 또또가 블로그에 기록한 래리 생어의
인터뷰에는 위키얼리티라는 말이 나온다. 위키피디아의

창시자이지만 비판자로 돌아선 래리 생어는 스티븐 콜버트의 용어인 위키얼리티라는 말을 인용하며 위키를 하는 사람들은 왜곡된 현실 속에 살게 된다고 말한다. 그러나 래리 생어와 인터뷰를 한 매체는 재미 중국계 이민자들이 설립한 우파 성향의 다국적 신문으로 환경위기는 음모론이라는 등의 칼럼을 싣는 곳이다.

또또는 블로그의 마지막 게시물에 자신의 삶과 인터넷의 역사 사이에서 흥미로운 유비를 발견했다고 쓴다. 그것은 1990년에 탄생한 최초의 밈에서 시작된다. 초창기 전자게시판인 유즈넷의 올드비인 마이클 고드윈은 유즈넷에서 시작된 모든 토론이 종국에는 나치와 히틀러로 끝난다는 사실을 깨닫는다. 진영이 어느 쪽이건 한쪽이 다른 쪽을 나치! 히틀러!라고 비난하는 것이다. "토론이 길어질수록 상대를 히틀러에 비교할 확률은 1에 가까워집니다." 유즈넷의 전통은 히틀러나 나치를 언급한 사람을 토론에서 패배한 것으로 간주한다. 담론이 무의미한 수준으로 전락했다는 사실을 방증하기 때문이다. 그러나 1993년 9월이 되자 이러한 전통은 산산조각 났다. AOLAmerica Online이 우편으로 인터넷 연결용 CD를 배포했고 수백만명의 사용자가 갑자기 유즈넷에 유입된 것이다. 대학교 신학기가 시작되는 9월은 언제나 최악의 시기였다. 학교 컴퓨터를 사용하는 개념 없는 뉴비들이 넷에 입성했고 그들에게 새로운 세계의 에티켓을 가르치는 건 고욕이었다. 그러나 이렇게 대규모로 유입된 적은 없었다. AOL의 서비스와 인터넷의 확산은 예외 상황을 일상으로 만들었다. 올드비인 데이브 피셔는 게시판에 작별인사를 고했다. "미쳤다. 1993년 9월은 영원히 끝나지 않을 것이다."

새로운 사용자들은 토론의 규칙을 깨고 전통을 유린했다. 고드윈의 법칙을 아는 사람들도 더이상 적을 나치 취급하는 행동을 패배라고 생각하지 않았다. 하지만 문제는 더 복잡했는데 예전 유즈넷엔 없던 진짜 (네오)나치들이 넷에 등장했고 그들에겐 고드윈의 법칙이 적용될 수 없었다. 마이클 고드윈은 이를 인터넷 특이점이라고 일컬었다. 특이점은 인과 법칙을 바꾼다. 원인은 결과가 되고 결과는 원인의 원인이 된다. 농담과 진담, 팩트와 픽션, 과거와 미래가 꼬리를 물고 자리를 바꾼다. 서로 다른 두개의 진실이 하나의 원 안에 중첩되어 투사된다. 이것은 저것이며 저것은 곧 이것이다.

또또는 한국사회의 영원한 9월은 2002년이라고 썼다.

무언가 사람들 안에서 깨어났고 각성되었으며 다들 브라우저를 업데이트한 것처럼 새로운 세계와 감각에 접속하기 시작한 것이다. 더이상 과거의 기준이나 원칙은 적용되지 않았다. 좌파와 우파의 경계도 사라졌고 진보와 보수의 경계도 사라졌으며 아마추어와 프로의 경계도 사라졌다. 정확히 말하면 이 경계들은 사라진 게 아니라 편의에 따라 뒤섞이고 거꾸로 적용되고 손쉽게 넘나들 수 있게 되었으며, 의미는 언제나 유보되고 잠정적인 것이 되었다.

나는 또또의 블로그에 비밀 댓글을 달았다. 특별한 내용은 아니었다. 2002년에 우리가 뭐 했는지 기억나? 같은 식의 사적인 내용이었다. 또또에게 곧 전화가 왔다. 외국에 있어도 쉽게 통화할 수 있으니 좋지 않냐고 했다. 몇년만에 연결된 통화였지만 정겹진 않았다. 또또는 여름아침의 아순시온에 있었고 나는 겨울밤의 서울에 있었다. 나는 또또의 블로그를 보며 또또의 목소리를 들었고 또또는 자신에게 아무런 감흥도 전해주지 않는 낯선 거리의 풍경을 내려다보며 통화를 하고 있었다. 아니면 그도 나처럼 자신의 블로그를 보며 통화를 하고 있었을까. 저 너머에서 들리는 소음과 블라인드 사이로 길게 들어오는 햇살은 무의미하고 잠시 유지되다가 사라질 가짜이며 진짜 삶은 스크린 안에 있다고, 그들이 나를 배신했지만 곧 내 가치를 알게 될 거라고 생각했을까. 또또에게 친근함을 표현하려고 했지만 말이 예쁘게 나오지 않았다. 대화는 침묵 주위를 맴돌았고 우리는 이죽거리는 것 말고는 할 줄 아는 게 없는 사람들처럼, 그러나 서로가 아니면 전화를 걸 사람도, 만날 사람도 없는 낙오자처럼 대화를 끊지 못하고 방황했다.

2002년은 또또와 내가 대학 입시에 실패하고 재수생이 된 해다. 사실상 그때가 그와 나 사이에 제대로 된 교류가 있었던 마지막 시기다. 우리는 매일 만났고 공부는 거의 하지 않았으며 밤새워 무언가를 했다. 술을 마시거나 게임을 하거나 대화를 하거나. 또또와 나를 비롯한 친구들의 세계는 작지만 무한히 넓었고 대단한 일이 벌어질 거라는 생각이 들었다. 우리의 작은 세상뿐 아니라 나라 전체가 그랬고 실제로 많은 일이 일어났다. 그 결과가 무엇인지는 알기 힘들지만, 어쩌면 그건 또또의 말처럼 그때 일어난 일들이 아직 끝나지 않았기 때문인지도 모른다. 모든 일의 의미는 끝난 후에야 알 수 있다고 누가 말했던가. 그러나 만약 아무것도 끝나지 않는다면, 영원히 지속

된다면 우리는 어디에서 의미를 찾아야 하는 걸까. 통화가 끝날 즈음 또또는 내게 블로그 아이디와 비번을 알려줬다. 자신에게 무슨 일이 생기면 블로그를 삭제해달라는 거였다. 나를 무슨 막스 브로트쯤으로 생각하는 모양이었다. 내가 왜 그래야 하느냐고 묻자 또또는 너 말곤 자기 블로그에 들어오는 사람이 없다고 했다. 이웃이 있던데? 내가 말했다. 모르는 사람이야. 또또가 말했다. 미친놈이 겠지 뭐. 그가 씁쓸한 웃음을 흘렸다. 이제 가봐야 돼.

또또와 59가 숙소를 나와 처음 들른 곳은 아순시온 구시가지의 카페 콘술라도였다. 그들은 이곳에서 콜드브루와 팔미토 샌드위치를 먹었다. 카페를 나온 그들은 걸어서 삼분 거리에 있는 국립문화센터에 들렀다. 문화센터 안에는 로아 바스토스의 이름을 딴 도서관이 있었다. 또또와 59의 걸음을 따라 격자무늬 바닥이 울렸다. 59는 상의 주머니 속에 있는 자그마한 m36 리볼버를 만지작거렸고 또또는 베레타 92를 허리춤에 차고 셔츠로 가렸다. 걸을 때마다 단단하고 차가운 총신이 또또의 엉치뼈에 닿는게 느껴졌다. 황갈색 테이블에 앉아 있는 학생들의 시선이 낯선 동양인의 뒷모습을 쫓았다. 도서관에서 한시간가

량 시간을 보낸 그들은 밖으로 나와 산 비센테 방향으로 걷기 시작했다. 나무위키 본사가 있는 지역이었다. 오후 한시쯤이었고 온도는 섭씨 33도, 하늘에는 시커먼 비구름이 장벽처럼 솟아 있었다. 습기를 머금은 바람이 사방에서 불었고 낮게 으르렁거리는 천둥소리가 장벽 속에서 들려왔다. 파라과이 기상학부는 강한 비바람을 동반한 폭풍을 예보했으나 이때까지만 해도 곧 시작될 비의 양이 어느 정도일지 누구도 예상하지 못했다. 경찰 조사에 따르면 도보로 삼십분 정도 이동한 두 사람은 오후 두시가 조금 넘은 시간에 나무위키 본사가 있는 마시모 산토스가에 도착했다. 그러나 무슨 이유에서인지 들어가지 않았다. 그들은 골목을 한참 서성인 후 발길을 돌려 구시가지에 있는 한식당으로 향했다. 빗방울이 떨어지기 시작했다.

주인의 증언에 따르면 또또와 59는 흠뻑 젖은 채로 식당에 들어섰다. 그들은 입구에서 두 테이블 떨어진 창가에 자리를 잡고 주인이 건네준 수건으로 머리를 털었다. 세찬 비에 시달린 탓인지 몸이 떨렸지만 기분만은 시원했다. 또또는 창밖으로 나무들이 부러질 듯 휘어지는 모습을 봤다. 빗줄기가 파도처럼 곡선을 그리며 아순시온의 거리를 내달렸고 하수구가 역류한 듯 캐러멜색 물길이 거

리를 채웠다. 웃통을 깐 반바지 차림의 사내들이 비를 맞
으며 나란히 걷고 있었다. 자동차의 헤드라이트가 육각
형 빛을 발하며 빗속으로 번져나갔고 가까이 다가온 천둥
소리가 유리창을 때렸다. 또또와 59는 제육볶음과 김치찌
개를 시켰다. 이틀 전에도 같은 메뉴였다는 사실을 기억
하는 주인이 미소를 지었다. 그는 또또와 59에게 비가 그
칠 때까지 식당을 나가지 말라고 당부했다. 지난해 여름,
폭우로 아순시온에서만 열댓명이 죽었다. 또또와 59는 그
사실이 뭐가 신나는지 웃음을 터뜨렸다고 주인은 사건이
끝난 후 경찰에 증언했다. 그들은 거리에 물이 차오르면
나무판자에 올라 서핑이라도 할 것처럼 굴었어요. 모험이
라도 할 것처럼 상기된 모습이었습니다. 또또와 59는 추
가로 시킨 불고기와 공깃밥까지 깨끗이 비웠다. 비린 물
냄새에 섞인 불고기의 탄내와 들기름 냄새가 났고 마늘향
이 입안을 맴돌았다. 또또는 문틈으로 빗물이 흘러들어오
는 것을 보았는데, 어쩐지 그 모습을 예전에도 본 것 같았
고 이혼한 아내와 두고 온 딸을 떠올렸다.

　　잠시 후 흰색 푸조가 물살을 일으키며 식당 입구에 주
차했다. 복면을 쓴 네명의 사내가 차에서 내렸다.

　　경찰 조사에 따르면 사인조 강도는 한식당의 이층에

현금이 있다는 사실을 알고 있었다. 브라질 출신으로 아순시온을 거쳐 파라과이 북부로 가는 길이었다고 한다. 아마 우연히 현금에 대한 정보를 듣고 여비를 마련할 겸 범죄를 계획한 거라고 경찰은 짐작했다.

사인조 강도 중 하나는 문 앞에서 망을 봤다. 나머지 셋은 식당의 사람들을 벽 쪽으로 몰아세웠다. 우두머리인 사내가 주인을 데리고 이층으로 이동했다. 59는 줄곧 주머니의 총을 만지작거리고 있었다. 남은 강도 두 사람이 종업원을 결박하는 틈을 타 59가 총을 뽑았다. 강도 하나가 그에게 달려들었지만 곧 쓰러졌다. 다른 강도는 칸막이 뒤로 숨었다. 또또는 허리춤에 찬 총을 바닥에 떨어뜨렸고 사람들은 비명을 지르며 주방 쪽으로 흩어졌다. 여러발의 총성이 울렸고 칸막이 뒤의 강도가 요란한 소리를 내며 테이블과 함께 쓰러졌다. 이층에서 내려온 우두머리가 계단참에 서서 총을 쐈다. 59가 비틀거리며 의자에 주저앉는 모습이 보였다. 다시 총성이 들렸고 59의 머리가 꺾였다. 그때 식당 주인이 계단에서 우두머리를 덮쳤다. 두 사람이 난간을 부러뜨리며 아래로 떨어졌다. 사람들이 그들에게 달려들었다. 또또는 입구에 서서 망설이고 있는 마지막 강도를 봤다. 그는 또또와 눈이 마주치자

문을 열고 도망쳤다. 또또는 총을 들고 그를 쫓아 밖으로 달려 나갔다. 종업원 하나가 또또를 쫓아 밖으로 나갔지만 세찬 빗줄기 때문에 걸음을 멈추었다. 또또가 쏜 총에 푸조의 창이 깨지는 게 보였다. 강도는 차에 타는 걸 포기하고 길을 달리기 시작했다. 어느새 빗물이 종아리까지차 있었다. 또또도 총을 들고 차가운 물속으로 뛰어들었다. 작은 파편들이 다리를 긁고 지나갔지만 개의치 않았다. 또또의 눈엔 아무것도 보이지 않았다. 실제로 빗물이 서로 부딪치고 튀어 올라 폭포 속에 들어온 것처럼 시야가 가렸다. 그러나 또또는 멈추지 않았다. 아마 또또도 강도도 당시 거리의 상황을 짐작하지 못했을 것이다. 한식당에서 한 블록 떨어진 거리에는 서 있기 힘들 정도의 급류가 흐르고 있었다. 물의 수위가 급격히 올라갔고 뒤집힌 맨홀에서 빗물이 분수처럼 솟구쳤다. 자동차들은 거꾸로 떠내려갔고 부러진 나무의 잔해들이 물 위로 흩뿌려졌다. 베레타는 장탄수가 열다섯발이었으므로 또또가 만일 끝까지 총을 쥐고 있었다면, 강도를 놓치지 않았다면 서너발 이상을 더 쏘았을 것이다. 그러나 이후 발견된 강도의 시체에 총상은 없었다. 강도는 무너진 진흙벽 속에서 발견됐다. 벽과 쓰레기 컨테이너 사이에 갇혀 옴짝달

싹 못하는 사이에 익사했을 거라고 경찰은 짐작했다. 급류는 곧장 파라과이강으로 흘러들어갔다. 뉴스는 빗물에 휩쓸린 것들이 강 위를 떠내려가는 모습을 보도했다. 냉장고, 지붕, 오토바이, 노점의 타이어, 소와 양 같은 가축들, 부서지고 조각난 건물의 잔해와 상점들이 토해놓은 갖가지 물건들. 그러나 또또의 시체는 발견되지 않았다. 그날 호우로 죽은 사람은 아홉명이었고 실종자는 네명이었다. 또또는 유일한 외국인 실종자였다. 또또가 살아 있을 가능성은 거의 없다고 파라과이 당국은 전했다. 그의 통통 불은 시체는 파라과이강의 급류를 따라 브라질 경계의 폭포까지 떠내려갔을 것이고 바위와 물고기와 들짐승들에 의해 찢겨 형체를 알아볼 수 없을 것이다. 어쩌면 그는 엔카르나시온이나 포사다스 근교의 어느 마을에 산 채로 정박했을지도 모른다. 정신은 차렸지만 기억은 잃어버렸고 삶에 대한 경이로운 열정이 피어올라 새로운 인생을 시작했을지도 모르고 어쩌면 이 모든 일을 뒤로 하고 케이맨제도에서 세탁소를 운영하는 아버지와 함께 낮에는 일을 하고 밤에는 겸허한 마음으로 번역에 열중하고 있을지도 모른다.

  59는 병원으로 이송되었으나 다음 날 사망했다. 뉴스는 무장강도를 퇴치한 용맹한 한국인 여행객을 단신으로 보도했다. 그들이 파라과이에 간 목적에 대한 언급은 없었고 또또의 블로그에 대한 이야기도 없었다. 나는 또또의 부탁을 들어주기 위해 블로그에 들어갔다. 그러나 어찌된 일인지 블로그에는 아무런 글도 남아 있지 않았다. "아직 작성된 글이 없습니다." 나 말고 다른 사람이 지운 것일까. 아니면 일이 일어나기 전에 또또가 삭제한 것일까. 프로필란에는 이렇게 쓰여 있었다. "자기소개를 입력하세요."

---

* 또또의 블로그 소개글은 그레천 매컬러의 『인터넷 때문에』(강동혁 옮김, 어크로스 2022)에서, 또또가 엘 비아헤로 호텔에서 블로그에 쓴 글은 피에르 레비의 『집단지성』(권수경 옮김, 문학과지성사 2002)에서 인용함.

병원에서 전화가 와 베티 아줌마를 데려가라고 했다. 어머니가 할 수 있는 일은 그저 우야노,라는 감탄사 비슷한 의문문을 반복하는 것밖에 없었다. 간호사인 듯한 상대방은 어머니를 다그쳤다. 본의는 아니었겠지만 말이다.

"모른 척하시면 안 돼요."

"우야노."

"환자 분이 유일하게 기댈 분인데 그러시면 안 되죠."

그러니 어머니가 전화를 끊고 나에게 구조요청을 한 건 당연한 일이다. 나는 어머니와 함께 병원으로 향했다. 그렇다고 베티 아줌마를 우리 집으로 데리고 올 생각은 없었다. 베티 아줌마에겐 멀쩡한 집이 있다. 하지만 그녀에게 그 집은 전혀 멀쩡하지 않았다. 베티 아줌마의 말에 따르면 벽이 말을 건단다.

"옆집에서 말을 건다고?" 내가 물었다.

"그게 아이라 벽이 말을 건다 안 카나." 어머니가 말했다.

"그게 그 말 아니야?"

어머니와 나는 베티 아줌마가 있는 병원으로 가는 길에 대화를 나누었다. 내가 운전하는 차는 한강을 건너 서부간선도로를 탔다.

"아인가. 옆집에서 무슨 냄새가 난다 캤나."

"무슨 냄새?"

"그 가시나 뭐라 카는지 모르겠다."

"아무튼 엄마, 잘해줘라."

"내가 뭘 우예 잘해주꼬." 어머니가 말했다. 룸미러로 뒷좌석에 앉아 있는 어머니의 모습이 보였다. 그녀는 짧은 두 다리를 좌석에 올리고 눕다시피 앉아 있었다. 무릎인가 허리인가가 불편해서 그렇게 앉아 있어야 한다고 했다. 어머니는 식당을 가건 지하철을 타건 신발을 벗고 발을 올렸다. 그게 정말 허리나 무릎에 좋은 자세인지 모르겠지만 말이다.

베티 아줌마는 내가 어릴 적 살던 동네에서 양품점을 운영했다. 어머니는 양품점을 운영하는 분들과 가끔 친교를 맺곤 했는데, 나는 그때도 지금도 양품점이 정확히 뭘 뜻하는지 모른다. 글을 쓰게 된 김에 사전을 찾아보니 양품을 파는 곳이란다. 양품은 또 뭔가? 찾아보니 질이 좋은 물품이란다. 베티 아줌마의 가게에 딱히 질 좋은 물건이 있었던 것 같진 않지만 이것 하나만은 알겠다. 사전은 아무런 도움을 주지 못한다는 사실 말이다.

베티 아줌마가 운영하는 양품점의 이름이 베티인가 그랬고 그래서 그녀는 베티 아줌마가 됐다. 그 베티가 영화 「베티블루 37.2」에서 온 것인지, 영화배우 베티 데이비스에서 온 것인지, 애니메이션 최초의 섹시 캐릭터 베티 붑에서 온 것인지는 알 수 없다. 어머니는 셋 모두 뭔지 몰랐고 관심도 없고 알고 싶어하지도 않았다. 어머니가 베티 아줌마와 개인적인 관계를 맺게 된 건 아버지 때문이었다.

상황은 다음과 같다. 아버지는 베티 아줌마와 바람을 피웠다. 일상적인 일이었으므로 여기까진 특별할 게 없다. 어머니는 그 사실을 알았지만 신경 쓸 시간이 없었다. 아침에는 우유 배달을 하고 낮에는 보험 일을 하고 저녁에는 초등학생 아들을 돌보느라 정신이 없었기 때문이다. 아버지는 가끔 아들과 놀아주고 어쩌다 돈을 가져오는 사람일 뿐이었다. 그래도 아빠가 있는 게 애한테 더 좋지 않겠냐는 판단을 했을지도 모른다. 어찌됐건 그는 아들에겐 자상한 유형의 인간이었다.

어느 날 밤 베티 아줌마의 양품점이 박살 났다. 경찰차도 오고 구급차도 왔다. 어머니는 집에서 반찬 투정을 하는 내 머리를 숟가락으로 내려치고 있었는데, 아랫집의 은지 엄마가 버선발로 달려왔다. 야, 야. 빨리 가봐라. 어딜? 이 앞에 양품점 아 있나. 와?

동네 창피한 일이었다. 무슨 영문인지 모르겠지만 아버지와 베티 아줌마 사이에 싸움이 일어났고 아버지는 아줌마를 때리고 물건을 부수고 경찰에 잡혀갔다. 듣기로는 경찰차 사이드미러도 부수고 경찰한테도 주먹을 휘둘렀다는데 총이라도 맞지 않은 게 다행이었다. 그는 그래도 분이 풀리지 않았는지 경찰차 천장을 머리로 자꾸 들이박았다고 했다.

아줌마는 구급차에 실려 병원으로 갔다. 어머니는 양품점에서 베티 아줌마의 지갑과 열쇠를 챙겨 병원으로 갔다. 응급실에 누워 있던 아줌마는 어머니의 손을 잡고 한참을 울었다고 한다.

어머니와 아버지는 이혼을 하고 아버지는 전과자가 되

어 여생을 홀로 보내야 했지만 그후로도 어머니와 아버지는 십여년을 함께 살았다. 베티 아줌마는 아버지를 고소하지 않았고 경찰은 아버지를 훈방 조치했다. 하루 이틀 있는 일도 아니고… 다음부터는 살살 좀 합시다. 경찰이 말했다.

나는 이 모든 사태에 대해 아는 바가 없었다. 조금도 몰랐고 내가 아는 건 그 시절 아버지와 내가 베티 아줌마와 경양식 레스토랑에서 돈가스를 먹은 적이 있다는 사실이다. 실제로 겪은 일이 아니라 드라마에서 본 것 같은 이 기억 속에서 나는 마늘빵이 들어 있는 크림수프를 두그릇이나 먹었던 것 같다. 그때만 해도 아버지와 베티 아줌마는 사이가 좋았다. 그가 왜 이 식사 자리를 마련했는지는 알 수 없다. 어머니와 이혼할 생각이었던 걸까? 나는 무슨 생각을 했을까. 아버지의 내연녀라는 사실을 인지했을까.

아무튼 병원에서 퇴원한 베티 아줌마는 아버지와의 관계를 정리하고 양품점을 접었다. 그러나 어머니와의 관계는 그때부터 시작됐다. 두 사람에게 공통의 적이 생겼달까. 언니 동생 사이가 된 것이다.

"아빠랑은 완전히 다르네."

베티 아줌마가 말했다. 어머니와 아줌마는 뒷좌석에 나란히 앉아 있었다. 나는 룸미러로 두 사람을 흘깃 쳐다봤다. 어머니가 밤바람이 좋으니 창문을 살짝만 열라고 했다.

"나는 바람 싫은데." 베티 아줌마가 말했다.

나는 창문을 내리다가 멈췄다. 차는 시속 오십 킬로로 달리고 있었다.

"밤공기가 건강에 안 좋대." 아줌마가 말했고 어머니는 짜증 섞인 표정으로 다시 창문을 올리라고 손짓을 했다.

"근데 너는 아빠랑 진짜 안 닮았다."

베티 아줌마가 운전석 쪽으로 몸을 기대며 말했다. 나는 아빠와 기분 나쁠 정도로 닮았지만 그녀의 말을 칭찬으로 받아들였다.

"니 아빠는 콧대가 낮잖아."

내 콧대도 낮았지만 나는 고개를 끄덕였다.

"니 아빠는……"

"실데없는 소리 고마해라." 어머니가 베티 아줌마의 말을 끊었다.

아줌마는 입가를 씰룩이며 뒷좌석에 기대앉았다. 구겨진 흰 블라우스에 환자복 바지를 입은 그녀는 조금 불안해 보였지만 그런대로 괜찮았다. 적갈색 빛이 도는 구불

구불한 머리칼은 나이답지 않게 길고 풍성했다. 얼굴 살갗은 햇볕에 바싹 건조시킨 것처럼 물기 없이 뼈에 착 달라붙어 있었고 창백했으며 거리의 조명 때문인지 때때로 청록색 빛을 발했다. 베티 아줌마는 막 병원에서 퇴원한 사람답지 않게 부산스럽고 말이 많았지만, 자신이 왜 병원에 있었는지, 왜 어머니에게 연락을 했는지에 대해선 말하지 않았다. 어쩌면 그 이야기를 하기 싫어서 쓸데없는 수다를 떨고 있는지도 몰랐다.

하지만 어머니와 나는 베티 아줌마를 병원에서 인계받기 전 의사에게 간단한 자초지종을 들었다. 베티 아줌마는 광명사거리 지하철역에서 정신을 잃은 채 발견됐다. 목격자에 따르면 맨발에 하의를 입지 않은 그녀가 개찰구를 넘어 조금 걸어가더니 정신을 잃고 쓰러졌다고 한다. 상의는 흰 블라우스에 회색 재킷까지 꼼꼼히 입은 상태였다. 경찰과 구급 요원들이 그녀를 데려갔고 정신을 차린 그녀는 요령부득의 파편적인 이야기를 늘어놓았다. 누군가에게 쫓기고 있다, 화학 약품으로 실험을 한다, 벽이 자신을 감시한다, 협박을 받았다 등등. 그러나 구체적인 건 아무것도 없었고 캐물으면 고개를 흔들기만 했다. 말해봤자 안 믿을 거라고, 자기는 오해받기 싫다고 했고 진실은 내 안에 있으니 상관없다는 말도 했다. 병원에 도착한 이후에는 갑자기 입을 다물었고, 아무 일도 아니니 빨리 집에 보내달라고 말했다.

의사는 베티 아줌마의 몸에서 특별한 이상을 발견하지 못했다. 하지만 간단한 검사밖에 못했으니 다시 이런 일이 일어나면 꼭 종합검진을 받도록 설득하라고 말했다. 어머니와 나는 고개를 끄덕였다. 무슨 일인지 알 수 없었지만 도리가 없었다.

그렇지만 베티 아줌마의 집으로 가는 짧은 시간동안 그녀의 상태는 괜찮았다. 말도 분명하게 하고 걸음도 똑바로 걸었다. 병원에 바지와 신발을 돌려줘야 하는데 신발 사이즈가 딱 맞다고, 발이 너무 편하다며 간호사가 빌려준 실내화를 탐낸 것만 빼면 이야기 중에 이상한 내용도 없었다. 가장 안심됐던 건 자신에게 무슨 일이 일어났는지 객관적으로 파악하고 있다는 것이었다. 베티 아줌마는 집에 도착하자마자 영국 왕실에서 마시는 티라느니 어쩌구 하며 차를 내렸고, 차를 홀짝이며 지하철역에서 일어난 일은 몽유병 같은 거였다고 말했다. 창피해서 얼굴도 들기 힘들지만 이상하게 생각하지 말았으면 한다고 말이다. "내가 왜 언니 연락처를 줬을까. 정신이 없었나봐."

어머니와 나는 차를 홀짝이며 살다보면 그런 일도 있는 거라고(처음 있는 일이었지만) 다 괜찮을 거라고 말했다.

베티 아줌마의 집은 광명3동에 있는 연립주택이었다. 방이 두개였고 거실은 깔끔했지만 크기가 작았고 낮은 천장 때문에 답답했다. 어딘지 모르게 옹졸한 인상을 주는 집이었다. 특이한 건 옆집과 면하는 거실 한쪽 벽 전체를 방수포로 막아뒀다는 점이었다. 차를 마시는 내내 그쪽으로 눈이 갔다. 반면 어머니는 크게 개의치 않는 듯했다. 어머니는 저녁이라도 먹고 가야겠다며 요리를 직접 하려 했지만 냉장고는 텅 비어 있었다. 우리는 근처 쌀국수 집에서 크리스피 롤과 양지쌀국수, 새우볶음밥 따위를 시켰고 베티 아줌마의 근황을 잠시 들었다. 대구를 떠난 지 일년 정도 됐고 용인에 반년 정도 살다가 광명으로 온 지는 석달이 됐다고 했다. 같은 이삿짐센터를 불렀는데 이사할 때마다 속옷이 없어졌다고, 다른 건 그대론데 속옷만 가져갔다고 하기엔 너무 이상해서 잃어버린 셈 치기로 했단다. 정말 그 이삿짐센터에서 속옷을 가져가는지 궁금해서 다시 이사를 하고 싶을 지경이라고 베티 아줌마는 말했다.

여러 이야기가 오갔지만 대화 내내 중요한 게 빠진 기분이었다. 그녀가 왜 수십년 살던 대구를 떠났는지, 용인에선 왜 일년도 채우지 않고 이사했는지, 지금 하는 일은 뭔지 등등, 이야기 속에는 계기나 배경 같은 인과관계가 쏙 빠져 있었다.

어머니는 그러한 사실을 아는지 모르는지 잠자코 그녀의 수다를 듣기만 했다. 대화는 곧 두분이 같이 아는 지인에 대한 것으로 넘어갔고 나는 졸다가 내 이야기가 나오면 잠시 잠깐 정신을 차렸다.

"결혼은 했니?"

"아니요."

"왜?"

"그냥……"

"요새 아들이 결혼하나." 어머니가 말했다.

"왜 우리 조카는 애랑 동갑인데 인터불고 호텔에서 결혼했잖아. 애도 있어. 언니도 알지? 울 언니 아들 있잖아."

어머니는 눈살을 찌푸릴 뿐 대답하지 않았다.

"너도 좋은 아가씨 만나서 결혼해야지." 베티 아줌마가 말했다.

"네, 네." 나는 고개를 끄덕였다.

어머니와 나는 밤이 깊어지기 전에 자리에서 일어났다. 집으로 오는 차 안에서 나는 베티 아줌마의 상태가 좋

아서 다행이라고, 집이 휑한 게 좀 이상하지만 아무튼 오
랜만에 뵈니 반갑다고 말했다. 어머니는 뒷좌석에 옆으로
누워 "자도 팔자가 시"라고 말했다.

"응?"

"팔자가 시다고."

"근데 옆집 이야기는 뭔데? 보니까 방수포도 붙여놨던
데."

"나도 모른다. 묻지 마라."

그날 새벽 세시쯤, 어머니는 베티 아줌마의 전화를 받
고 잠에서 깼다. 아줌마는 겁에 질려 있었다. 집에 도저히
있을 수 없어 골목에 나와 있다고 말했다. "옆집 창문에서
이상한 불빛이 나와." 베티 아줌마가 말했다. 어머니와 나
는 그녀를 데리러 다시 광명으로 향했다.

베티 아줌마는 나이에 비해 키가 크고 골격도 컸다. 그
세대 사람 중에서도 작은 축에 속하는 어머니와는 판이하
게 달랐다. 한번도 결혼하지 않았고 자식도 없었다. 부모
는 일찍 여의었고 가족이라곤 여섯살 터울의 언니 하나
밖에 없었다. 반면 어머니는 오남매 맏이였고 부모도 살
아 있었다. 지금은 아니지만 두 사람이 가까워질 때만 해

도 그랬다.

가까워졌다니까 진짜 친구 같은데 따지고 보면 베티 아줌마의 일방적인 구애였다. 어머니는 천성이 그런 것도 있지만 날이 갈수록 무뚝뚝하고 퉁명스러워졌고 베티 아줌마에겐 특히 더 그랬다. 내가 왜 그러냐고 하면, 뭐? 내가 뭐 우옜는데?라고 쏘아붙였다. 아버지의 내연녀라는 사실이 불편해서 그랬던 것 같진 않다. 어머니는 그런 건 개뿔 신경 쓰지 않았다.

"가가 좀 이상해." 어머니가 말했다. "말도 안 되는 소리를 할 때가 있다니까."

양품점을 접은 베티 아줌마는 한동안 엄마를 따라 보험회사에 다녔다. 구십년대 초반이었고 그 시절에는 보험회사에 다니는 주부 사원이 많았다. 쥐똥만 한 월급을 받았고 사돈에 팔촌까지 보험으로 끌어들이면 그에 따른 인센티브를 줬다. 어머니도 한동안 친척들을 많이 팔아먹었다. 나중 일이지만 머리가 굵어진 내가 그런 걸 친척들에게 왜 강요했냐고 하면 어머니는 버럭 화를 냈다. 내가 뭐 나쁜 짓이라도 했냐는 거였다.

"다 지들 좋으라고 보험 들어준 긴데."

"그래도 엄마."

"니도 말 나온 김에 실비보험이나 들어놔라."

말이 안 통했다.

베티 아줌마는 일년도 못 채우고 보험회사를 그만뒀다. 당시 어머니와 아줌마의 부서를 책임지던 영업부 부장과 사랑에 빠진 것이다. 부장은 머리가 벗어지기 시작한 중년 남자로 허우대는 좋았지만 눈 사이가 좀 멀었다. 눈 사이가 너무 멀어 그 사이에 눈이 하나 더 있어도 될 정도라고 어머니는 말했다. 게다가 사시였다. 교정수술을 받았지만 대화를 나눌 때면 어디를 보고 있는지 짐작하기 어려웠다. "니 아빠랑 비교하면 인물은 한참 딸렸지." 어머니가 말했다. 어머니는 외모 품평을 즐겨했고 가끔은 그게 당신 삶의 유일한 낙처럼 느껴질 정도였다. "엄마, 요즘은 사람 외모로 뭐라고 하면 안 된다." 내가 말하면 어머니는 버럭 했다. "뭐! 눈에 보이는 기 외몬데!" 아무튼 부장은 그런 외모 덕분에 사람이 어딘지 모르게 누추하고 처량해 보였지만 그게 우수에 찬 효과를 주기도 했다. 대신 그는 목소리가 기가 막혔다. 노래 솜씨도 기가 막혔고 그래서 세월의 풍파에 찌든 표정으로 어슬렁거려도 여자들에게 인기가 많았다. 아마 베티 아줌마도 그래서 넘어간 거라고 어머니는 말했다.

문제는 부장도 애 딸린 유부남이었다는 사실이다. 그의 와이프가 보험회사에 납시었고(어머니의 표현이다) 한바탕 토네이도가 회사를 휩쓸고 지나갔다. "아따, 재미 좋았지." 어머니가 갑작스레 깔깔 웃음을 터뜨렸다. 부장 와이프는 베티 아줌마의 반틈밖에 되지 않는 난쟁이 똥자루만한 키(역시 어머니의 표현)였지만 힘이 장사여서 회사 책상을 하나씩 차례로 엎었다. 베티 아줌마는 그녀에게 작살이 났고 또 구급차 신세를 졌다. 나중에 알고 보니 부장은 베티 아줌마 외에도 여러명의 여자를 더 만나고 있었다. 바람피우다 걸린 것도 한두번이 아니었다. "못생긴 놈들이 더 하다니까." 어머니가 말했다. "엄마, 외모가 무슨 상관이야." 내가 말했지만 어머니는 듣지 않았고 자기가 한 말이 재밌는지 깔깔댔다. 어머니 말에 따르면 이번에는 베티 아줌마도 응급실에서 깔깔 웃었다고 했다. 부장의 실체를 알고 난 뒤 말이다. 너무 웃어 꿰맨 상처가 터질 뻔할 정도였다.

하지만 베티 아줌마는 그때 이후로 조금 이상해졌다. 병원에서 퇴원한 아줌마는 한동안 아무 일도 하지 않고 집에만 있었는데 어머니가 가끔 놀러 가면 동굴처럼 어두컴컴하게 불을 다 꺼놓고 은박 돗자리를 담요처럼 싸매고 있었다. "니 와 이라노?" 어머니가 물으면 베티 아줌마는 고개를 빼꼼히 내밀고 말했다. "언니, 전자파가 몸에 안 좋아요." 그래서 형광등을 모두 꺼놓았을 뿐 아니라 전기와 관련된 건 아무것도 켤 수 없다고 했다. 어머니가 보니 모든 콘센트의 플러그를 뽑아놓은 상태였다. 냉장고 플러그도 뽑혀 있어 얼음은 녹았고 음식은 상했다. "언니, 이상하게 생각하지 마. 진짜야." 베티 아줌마는 촛불에 불을 붙이며 말했다. 어머니는 말문이 막혔다. 그런데 대화를 나눌수록 베티 아줌마의 이야기가 그럴 듯했다. 인간은 수만년 동안 전기가 없는 환경에서 살았는데 최근 수십년 간 급격히 증가한 전자기기에 둘러싸여 살게 됐다. 방사능처럼 즉각적이진 않지만 전자파는 신체에 안 좋은 영향을 끼친다. 차근차근 몸에 빚을 쌓아가는 것이다. 게다가 인간은 모두 체질이 다른데 자신처럼 전자파에 더 민감한 사람이 종종 있다. 꼭 꽃가루 알러지처럼 기침과 두드러기, 복통, 심한 경우에는 기도 수축, 저혈압이나 쇼크로 사망할 수도 있다. 베티 아줌마에겐 전자파가 그랬다.

　근데 또 전화통은 매일 붙들고 있었다고, 어머니는 말했다. 베티 아줌마 말로는 전화는 회선이 달라서 전자파의 파장이 약하단다. 어머니는 베티 아줌마와 대화를 나누고 있을 때면 어느 정도 설득됐지만 집에 와서 돌이켜 보면 아무래도 이상하다는 생각이 들었다고, 그렇지만 다시 또 통화를 하거나 만나서 대화를 하면 멀쩡하다, 설득력 있다는 생각을 했다고, 하지만 집에 돌아오면 또다시 아니야, 쟨 정신이 나간 게 틀림없어, 생각하길 반복했다고 말했다. "이러다 마 내가 돌겠네", 어머니가 생각할 즈음 베티 아줌마는 자리를 털고 일어났다. 또 남자를 하나 알았고 그가 빌려준 돈으로 실내 포차를 차렸다. 전자파 알러지는 씻은 듯이 사라졌고 더 환장할 노릇은 어머니가 그때 이야기를 하면, 언니 그런 게 어딨어, 다 심리적인 거지,라는 식으로 반응했다는 사실이다. 어쨌거나 이번에 알게 된 남자는 형사였는데 그도 유부남이었다. 어머니는 별말 하지 않았다. 어차피 유부남이나 총각이나 덜 된 건 매한가지인데 무슨 상관인가. 그저 주먹질만 안 하면 됐고, 마누라한테 걸리지 않기를 빌거나 걸려도 마누라가 양반이길 바라라고 했다. 베티 아줌마는 형님이(형사의 와이프) 아픈 분이라서 괜찮을 거 같다고 말했다. 지병이 있어 거의 밖에 나오지 않는다고, 둘 사이에 자식도 없고 그저 남편만 의지하고 사는 점잖은 분이라고 말했다. 나는 그러면 윤리적으로 더 문제 있는 거 아닌가 생각했지만 아무 말도 하지 않았다. 그들의 세계는 내 세계와 다른 곳에 존재하는 것 같았다. 상식의 차원이 달랐던 것이다. 게다가 과거의 일이기도 했고, 옳고 그름을 따지자고 글을 쓰는 건 아니니까.

베티 아줌마는 골목에 우두커니 서 있었고 커다란 은박 돗자리를 뒤집어쓰고 있었다. 헤드라이트에 반사된 빛이 거리에 산란했다. 귀뚜라미 소리가 짧은 간격을 두고 반복적으로 들렸다. 아줌마는 우리가 집에 데려다줬을 때와 같은 차림이었다. 환자복 바지에 흰 블라우스. 하지만 신발을 신지 않아 핏줄이 보일 정도로 투명한 발이 아스팔트 위에 가지런히 놓여 있었다. 어머니가 베티 아줌마를 뒷좌석에 밀어 넣었다. 나는 아줌마 집에 들어가 병원 실내화와 다른 신발, 몇몇 옷가지들을 챙겼다. 오가는 중에 옆집 창문을 보고 귀를 기울였지만 아무런 빛도 소리도 없었다. 우잉- 하는 희미한 진동이 느껴졌지만 착각인지 실제인지 알 수 없었다. 밀도가 낮고 차가운 바람이 어디선가 불어왔고 벽에 붙은 방수포가 살아 있는 생명처럼 펄럭였다. 등골이 오싹했다. 어디에선가 락스 냄새가 은은히 풍겼다. 나는 방수포 쪽으로 조심스레 발걸음을 옮겼다. 옆집에서 진짜 무슨 짓을 벌이고 있는지도 몰랐다. 이상한 세상이고 미친 세상이다. 이웃이 이웃을 협박하고 죽이고 토막 내는 세상이다. 벽에서는 아무런 소리도 들리지 않았다. 방수포의 까끌한 감촉이 손바닥에 느껴졌다. 벽을 통해 희미한 진동이 전해졌다. 벽 너머에서 무슨 일이 벌어지고 있는 걸까. 모든 게 베티 아줌마의 착각이고 꿈이고 망상인 걸까.

　베티 아줌마는 공황이 온 듯 숨을 잘 못 쉬었다. 은박지 밖으로 내밀고 있는 얼굴에는 땀이 맺혀 있었다. 어머니는 잠든 아기한테 하듯 등을 토닥거리며 괜안타, 괜안타를 반복했다. "병원에 가까?" 물으니 단호히 고개를 저었다. 어머니는 자초지종을 묻지 않았고 베티 아줌마의 발에 병원 실내화를 신겼다. "우리 집에 며칠 있자." 아줌마는 고개를 끄덕였다. 나는 순간 베티 아줌마가 눈물을 흘릴 거라고 생각했지만 그렇진 않았다. 아줌마는 뭔가 말하려고 노력했다. 숨을 크게 몰아쉬며 머릿속을 헤집어 단어들을 끄집어내려 온 신경을 집중했지만 잘되지 않는 것 같았다. 단어들은 어둠 속에 잠깐 모습을 드러낸 도마뱀처럼 꼬리만 남겨두고 바위 뒤로 도망쳤고 남아 있는 흔적을 꿰맞춰도 전체 형상을 알 수 없었다. 나는 누가 쫓아오기라도 하는 것처럼 빠르게 차를 몰았다. 차는 어느새 회전고가를 돌아 성산대교를 건넜다. 베티 아줌마는 그즈음 진정이 됐는지 숨을 고르며 한마디씩 말을 내뱉었고 어머니는 귀를 기울였다.

"……"

"뭐라꼬?"

"…아기……"

"뭐라꼬?"

"…아기……"

어머니가 운전석을 치며 내게 말했다. "니 집에서 뭐 좀 봤나?"

"아니. 왜?"

어머니는 다시 베티 아줌마 쪽으로 고개를 돌렸다. "응. 그래가?" 아줌마가 뭐라고 다시 말했지만 내 귀에는 들리지 않았다. "…우야노." 어머니가 말했다. 나는 고개를 돌려 어머니를 봤다.

"왜? 왜?"

"앞에 봐라, 앞에." 어머니가 말했다.

나는 다시 운전에 집중했다. 문득 섬뜩한 느낌이 들어 사이드미러로 쫓아오는 차가 없는지 확인했다. 우잉- 하는 희미한 진동이 다시 느껴졌고 핸드폰을 확인했지만 아무런 연락도 없었다. 베티 아줌마의 집에서 느껴진 진동이 우리를 쫓아오는 것 같았다. 아줌마가 한 이야기들, 옆집의 화학약품과 이상한 불빛들도 함께. 어쩌면 경기도의 평범한 주택을 점거한 종교집단이나 범죄조직이 끔찍한 실험을 하고 있는지도 몰랐다. 밤새 마약을 제조하고 이웃들을 중독시키고 사람들을 광기로 몰아가는 것이다. 베티 아줌마는 우연히 진실을 목격했고 그들의 표적이 됐을지도 모른다. 그러나 뒤를 쫓아오는 차 같은 건 없었다. 도로는 텅 비어 있었고 얼룩덜룩한 밤하늘 아래 점멸등만 깜박였다.

　"처음부터 이상하다 그랬어." 베티 아줌마는 광명의 주택이 애초에 심상치 않았다고 말했다. 어머니와 나, 아줌마는 우리 집 거실에 둘러앉아 밥을 먹었다. 폭우가 쏟아지는 저녁이었다. 기상청은 태풍의 규모가 수십년 만의 강도라고 했다. 필리핀과 대만을 거쳐 우리나라를 북동 방향으로 비껴가는 태풍은 초속 32미터의 강풍으로 너울성 파도를 일으키고 사백 밀리 이상의 폭우로 도시를 암흑기로 돌려보낼 예정이었다. 그러나 베티 아줌마는 기상예보를 믿지 않았다. 그녀는 그것과는 다른 종류의 것들을 믿었다. 과학적이고 합리적인 양 굴며 우리를 제어하는 예보나 공식적인 채널에서 유통되는 조작되고 선동적인 이야기가 아니라 태풍이 지나간 뒤에는 남는 것들, 그러나 아무에게도 제대로 전달되지 않는 잔해 속의 진실들.

아줌마가 광명의 연립주택을 보러 갔을 때 그곳엔 신혼부부가 살고 있었다. 막 걷기 시작한 사내아이를 키우는 삼십대 초반의 부부였다. 부동산 중개인은 오래된 집이지만 관리를 잘해서 흠 하나 없다고 누차 강조했다. 과연 그랬다. 집은 아늑했고 좋은 냄새가 났다. 이상한 건 집주인 여자였다. 큰 키에 앙상한 그녀는 면으로 된 검은색 원피스를 입고 있었는데 사람이 아니라 그림자처럼 보였다. 그녀는 한마디도 하지 않았다. 중개인이 쉴 새 없이 떠들고 질문하고 의견을 제시해도 살짝 웃기만 했다. 하지만 베티 아줌마는 알 수 있었다. 주인 여자는 중개인을 비웃고 있었다. 이 집이 가격에 비해 얼마나 훌륭한지, 수십년 전에 집장수가 날림으로 지은 이름도 없는 연립이지만 얼마나 안전하고 효율적인 구조를 가지고 있는지 땀을 뻘뻘 흘리며 설명하는, 얼마 안되는 복비를 벌어보겠다고 애쓰는 중개인을 비웃었고 예순이 넘은 나이에 가족도 없이, 늙고 추한 외양에 어울리지도 않는 긴 생머리를 하고 연립주택에 기어들어온 베티 아줌마도 비웃었고 하루 온종일, 일년 내내 일해도 연체금 독촉 전화 말고는 전화를 받을 데도 없는 살찌고 탈모 증상이 생긴 남편과 이유식 의자에 앉아 아비를 닮아 못난 미래를 예견하는 멍한 표정의 아기와 이들을 영원히 벗어나지 못할 자기 자신을 비웃었다. 어디 한번 살아봐… 하는 악의가 느껴졌고 그걸 애써 감추다보니 내장에서부터 웃음이 비집고 올라왔다고, 그래서 말은 못하고 자기도 모르게 입술을 비틀며 비웃음을 지을 수밖에 없었다고 베티 아줌마는 생각했다. 그렇지만 집을 계약하지 않을 도리가 없었다. 시세에 비해 가격이 쌌고 무엇보다 조용했다. 베티 아줌마에게 시설이나 구조는 중요하지 않았다. 무엇보다 중요한 건 옆집이었는데 옆집에는 멀지 않은 곳의 공사 현장에서 일하는 인부 세명이 일년 계약으로 살고 있었다. 십장인가 뭐 그런 사람들이었는데, 새벽에 나가고 밤늦게 들어와서 죽은 듯이 잔다고 했다. 일하는 동안 머물 곳이 필요해서 빌라를 얻은 사람들이라고 했고, 이웃에도 집에도 관심 없이 잠만 자고 일만 하는 사람들이라고 했다. "시끄럽게 떠들 수도 없어요. 피곤해서." 중개인이 말했다. 베티 아줌

마는 그만하면 됐다고 생각했다. 집주인 여자는 산후우울
증이나 뭐 그런 걸 테지, 저 손목 좀 봐, 아무래도 정상이
아니야 하지만 충분히 그럴 수 있어, 모든 게 밉고 싫지,
결혼도 안 하고 혼자 사는 내가 밉겠지, 유부남이랑 붙어
먹고 애도 낳지 않고 나잇값도 못하고 처녀처럼 하고 다
니는 내가 싫겠지. 하지만 베티 아줌마는 이해할 수 있다
고 생각했다.

    입주하고 일주일이 지났을 즈음 베티 아줌마는 처음으
로 소리를 들었다. 콩콩콩콩. 처음에는 윗집에서 들리는
층간소음이라고 생각했다. 애가 사나보다. 주택이 다 그
렇지. 그러나 아니었다. 콩콩콩콩 하는 소리는 옆집에서
들리는 소리였고 그것도 벽이나 바닥을 두드리는 종류의
소리가 아니었다. 선반 위나 책상 위에 있는 어떤 기계가
내는 소리 같았다. 콩콩콩콩 뭔가를 만드는 것 같았고 서
너시간 계속 콩콩콩콩 그러다 리듬을 바꿔서 콩콩 코공콩
콩콩콩 콩콩콩 했다. 베티 아줌마는 하루 종일 벽에 귀를
대고 있었다. 대체 저 소리가 뭐지, 어떻게 이 두꺼운 벽을
뚫고 들릴 수 있는 걸까. 그러던 어느 저녁 베티 아줌마는
집에 들어오는 길에 창문에 서 있는 옆집 남자를 봤다. 불
도 켜지 않고 우두커니 창문에 서 있는 남자를. 그는 베티

아줌마를 내려 보며 미소 짓고 있었다. 남자의 미소에는 인사를 하려는 의도나 친근감을 표시하려는 의도가 없었다. 그 미소는 웃음이라기보다는 저주였고 검은 그림자의 균열이었다. 아줌마는 집으로 뛰어들어 갔다. 콩콩콩콩. 전에 나지 않았던 이상한 냄새가 났다. 벽을 뚫고 내장재를 뚫고 냄새가 그녀의 집 전체로 들이닥쳤다. 새벽이 되면 빛무리가 옆집 창문을 통해 넘어왔다. 심해의 생물이나 낼 법한 형광 물질의 유독한 빛이었고 물에 풀린 잉크처럼 점점 퍼져나갔다. 아줌마는 그들이 자신을 협박하고 있다는 사실을 깨달았다. 나를 옥죄어 오고 있다고, 대구에서부터 그랬고 그들을 피해 용인으로 갔고 그들을 피해 다시 이곳으로 왔는데, 도망쳤다고 생각한 곳이 그들의 소굴이었다고 제 발로 그들의 소굴로 기어들어 왔다고.

　만일 어떤 에피소드에 끝이 있다면 그 시작이 어디인지 알 수 있을 것이다. 그리고 끝과 시작이 있다면 우리는 그 일의 인과 관계에 대해서도 알 수 있을 것이다. 하지만 어떤 일에는 끝이 존재하지 않는다. 어떤 일은 끝난 뒤에도 남아 사라지지 않는다. 처음부터 거기에 있었던 것처럼, 우리가 존재하기 전부터 그 속에 있었고 그림자 속에서 우리가 태어난 것처럼.

한때 베티 아줌마의 삶은 실내 포차에 정착한 것처럼 보였다. 테이블이 네개밖에 없는 작은 포차였고 손님은 지인이 대부분이었지만. 아줌마의 지인들, 경찰인 내연남의 지인들은 베티 아줌마가 평온한 삶을 살기 충분한 만큼의 술을 먹었다. 메뉴판도 없고 정해진 메뉴도 없는 포차에서 베티 아줌마는 그날그날 들어오는 해산물과 기분 내키는 대로 만든 육전, 잔치국수, 새우튀김, 고추장찌개, 열무김치 따위를 냈고 어머니도 종종 포차에서 사람들을 만났다. 아버지는 어머니가 베티 아줌마의 포차에 가는 걸 혐오했지만 상관없었다. 두 사람의 길고 잔인한 결혼 생활이 곧 종지부를 찍을 예정이었기 때문이다.

포차의 단골손님 중에는 베티 아줌마의 친언니도 있었다. 친언니는 조용한 사람이었다. 말수가 적을 뿐 아니라 행동이 은밀하고 조심스러워 눈에 띄지 않고 모든 일을 처리할 수 있는 사람. 그녀는 올 때마다 동생을 도와 일을 했고 가끔 어머니 옆에 앉아 술잔을 주거니 받거니 했다. 어머니는 술이 약해 짠만 했지만 친언니는 조용히 수병의 소주를 비웠다. 어머니는 그녀가 보기와 달리 술을 잘 마신다고 생각했고 나중에는 술을 안 마시는 순간이 거의 없다는 사실을 알게 됐다. 베티 아줌마가 말해주지 않은 친언니의 인생에 대해서도 알게 됐는데, 초등학교를 졸업하자마자 일을 시작한 그녀는 스무살이 되어 어느 기름 장수와 결혼했지만 그는 신발을 신고 안방으로 들어와 침대에 침을 퉤 하고 뱉는 몹쓸 버릇이 있는 남자였다. 왜 그런 짓을 하는지 의문이었지만 물으면 주먹을 들었기 때문에 친언니는 바닥을 자주 닦고 시트를 자주 빠는 걸로 질문을 대신했다. 남자는 어느 날 피떡이 되도록 맞아서 들어왔고 다음 날 병원에서 평생 소변 주머니를 차고 살아야 된다는 진단을 받았다. 친언니는 그 길로 집을 나왔고 그때까지 벌어놓은 돈을 모두 두고 왔지만 어차피 몇 푼 안되는 돈이었다. 그녀는 고무 패킹을 만드는 공장에 취직했고 그곳이 평생직장이 되었다. 말이 없고 말을 어떻게 해야 하는지 몰랐던 그녀에게 열기 가득한 가류기 앞에서 하루를 보내는 공장은 최적의 장소였다. 서틀버스를 타고 도시 외곽으로 출퇴근했고 일이 끝나면 동료들과 닭똥집이나 막창에 소주 맥주를 마셨다. 말도 없이 술자리에 끼는 그녀를 동료들은 귀엽게 봤고 그중에는 미래의 남편도 있었다. 그와 친언니는 아들을 낳았다. 아들은 성적이 시원찮았지만 성격은 아버지를 닮아 유들유들했고 상고를 졸업하기 무섭게 돈벌이를 시작했다. 그즈음 근속 연수가 이십년이 넘은 친언니와 남편은 돈을 꽤 모았지만 남편은 룸살롱의 마담에게, 사기꾼 친구에게, 도박판에 골고루 돈을 날렸고 아들이 결혼할 즈음에는 남은 돈이 거의 없었다. 그래도 남편은 아들의 결혼식은 보고 죽었다. 말기 전립선암 판정을 받은 그는 아들이 신혼여행을 떠난 후 집을 나갔고 내연녀의 집에서 반년 정도 살다 내연녀와 동반 자살했다. 어머니는 이 이야기들을 베티 아줌마에게 조금, 친언니에게 조금, 베티 아줌마의 친구에게 조금, 경찰 놈에게 조금 들었다. 그러니 어딘지 모르게 틀린 내용이 있거나 빈 내용이 있을지도 몰랐다. 그러나 대충 줄거리는 그랬고 사람들은 죽을 때가 되면 죽었지만 어떤 사람들의 경우에는 더 빨리 더 많이 죽는다고, 그건 우연이고 팔자이지만, 형편 때문이기도 하다는 생각을 어머니는 했다. 형편이 안 좋으면 다 안 좋다. 어머니가 말했다. 우야겠노. 어머니의 형편은 경제 사정이나 계급이 아니었고 성격이나 가족 관계도 아니었으며, 운명, 사주도 아닌 그것들이 어찌 어찌 돌아가는 형세 같은 것처럼 느껴졌는데 그걸 좋게 만들기란 여간 힘든 일이 아니었다. 그렇지만 형편이 어느 정도여야 좋은 건지. 어머니는 이

184

정도면 당신의 형편이 좋은 거라고 종종 생각하기도 했다. 형편을 어떻게 정의해야 할지 모르지만 하나는 알 수 있었다. 형편은 비교라는 걸, 세상에 홀로 존재하는 사람에겐 형편이랄 게 없고, 사회가 형성되고 그것들이 어떤 관계를 이룰 때 존재한다는 걸.

친언니는 아들과 며느리가 챙겨주는 돈으로 살았다. 일은 더이상 하지 않았고 방 두칸짜리 아파트에 살면서 손자를 봤다. 며느리는 아들보다 연상이었고 재산이 많았다. 아들은 프랜차이즈 카페를 두개 운영했고 축구팀 숫자의 직원을 거느렸다. 어머니는 실내 포차에서 베티 아줌마의 친언니를 만나면, 이제 형편이 나아졌네, 말하곤 했다. 언니 잘나가지. 베티 아줌마도 신이 났다. 친언니는 말없이 술을 마셨다.

그런데 우야다 그래 됐을까. 어머니가 말했다. 어느 날 베티 아줌마에게 전화가 왔다. 경찰서에 가는 길이라고. 아니, 병원에 가는 길이라고, 아니, 변호사 사무실에 가는 길이라고. "언니야 어디로 가야 될지 모르겠다." 베티 아줌마가 말했다. 베티 아줌마는 사거리에 주저앉았다. 그 상태로 아무것도 결정하지 않고 영원히 머물러 있고 싶었다. 결정하지 않으면 더이상 아무 일도 일어나지 않을 것이고 아무것도 변하지 않을 것이다. 모두 제자리에서 기다리고만 있을 것이다.

경찰은 친언니를 살인 혐의로 구속했다. 임신 구개월 된 며느리를 목 졸라 살해했다고 했다. 베티 아줌마는 그럴 리가 없다고, 만일 그런 일이 있었다면 언니가 잠깐 정신을 놓은 탓이라고, 우울증과 알코올 의존증이 있어 정신과에서 약을 타 먹는다고, 그러니 어딘가 잠깐 고장 났을 수도 있다고 주장했다. 그러나 경찰이 보기에 친언니는 멀쩡했다. 친언니 스스로도 그렇게 말했다. 이보다 더 맑은 정신이었던 적이 없다. 그녀는 치밀하게 계획을 세웠고 자신이 먹는 약을 빻아서 잔치국수에 넣어 며느리에게 먹였다. 그리고 준비한 수건으로 목을 졸랐다. 오래, 완전히 숨이 끊어질 때까지.

친언니는 베티 아줌마에게 아무 말도 하지 않았다. 이유도 말하지 않았고 무죄를 주장하지도 않았고 억울함을, 분노를, 울분을 토로하지도 않았다. 베티 아줌마는 그 앞에서 몇번을 혼절했다 깨었지만 친언니는 가만히 있었다. 마지막으로 면회를 갔을 때에야 비로소 친언니는 반응을 보였다. 말을 하진 않았고 조금, 거의 느껴지지 않을 정도로 희미한 미소를 지었다.

친언니의 아들, 베티 아줌마의 조카가 우리 집에 아줌마를 데리러 왔을 때 어머니는 베티 아줌마와 드라마를 보고 있었다. 두 사람은 안방의 침대에 앉아 하루 온종일 드라마를 봤다. 다행히 드라마 취향은 비슷했던 모양이다. 드라마를 볼 때는 추임새와 웃음소리 말고 다른 소리는 들리지 않았으니, 나는 진심으로 드라마에 감사했다. 드라마가 우리를 구원할 거라고, 이미 여러번 구원했고 앞으로도 우리 삶을 구원할 것이라고 생각했다. 비록 그 구원이 천국으로 향하는 게 아닐지라도 말이다.

조카는 살집이 두툼한 사내였다. 어머니가 내준 배를 포크도 없이 집어 먹으며 광명의 집을 처리하느라 얼마나 고생했는지 아냐, 지금도 전세금은 받지 못했다고, 아마 계약기간 끝날 때까지 못 받을 거라고 말했다. 베티 아줌마는 부동산 중개인에게 책임을 물어야겠다고 했다. "거짓말을 하잖아." 조카는 우리 눈치를 봤다. 어머니와 나는 아무 말도 하지 않았다. 베티 아줌마는 중개인이 옆집에 대해서 거짓말을 했고, 전 세입자에 대해서도 거짓말을 했고 조카에게도 거짓말을 했다고 말했다.

"언니, 안 그래?"

"우야겠노."

어머니가 말했다.

"언니."

베티 아줌마와 어머니가 짐을 정리하는 동안 나와 조카는 아파트 단지 주차장에서 대화를 나눴다. 조카는 전자담배를 피우며 이모를 챙겨줘서 고맙다고 말했다. 그리고 이모에겐 말 안 했는데 광명 집을 소개해준 중개인이 대규모 전세사기 사건에 피의자로 잡혀 들어갔다는 얘기도 했다.

"깡통 전세 기사 보셨죠?"

"아니요."

"뭐 그런 걸로 잡혀 갔대요."

이모가 알면 또 이상한 생각을 할 거 같아서 말은 안 할 거라고 했다. "그래도 이모가 영 틀린 건 아닌 거 같죠?" 조카가 말했다.

해저 생활

석이 아저씨는 아랫입술 안쪽에 문신이 있었다. 그는
입술을 뒤집어 문신을 보여주곤 했는데 검은색 잉크로 돌
석 자가 적혀 있었던 것 같다. 정확한 기억은 아니다. 벌써
이십년도 더 지난 일이니까 말이다.

IMF로 집이 망하고(사실상 그전부터 망해 있었지만
IMF가 망함을 가시화한 거라고 할 수 있다) 엄마와 나,
아빠는 대구 수성구 지산동의 낡은 다세대주택 일층으로
이사했다. 석이 아저씨는 이층에 살고 있었다. 와이프와
아들도 있었는데 가족이라는 게 믿기지 않을 만큼 서로
으르렁댔다. 하지만 크게 신경 쓰진 않았다. 우리 집도 마
찬가지였으니까. 아마 삼층이나 옆집, 옆옆집도 마찬가지
였을 것이다. 그 시절의 가족들은 대부분 서로 원수였다.
그렇지만 같이 사는 것 말고 뾰족한 수를 상상할 수 없어

헤어지진 않았다. 그걸 아마 정이라고 불렀던 것 같다. 의리였나? 아무튼.

이사 간 지 며칠 되지 않은 어느 날, 저녁을 먹던 중 엄마가 아빠에게 말했다. 윗집에 사는 남자가 유명한 깡패래. '감삼동 돌이'라고 하면 다 안다는데. 그래? 처음 듣는데. 아빠가 말했다. 인상도 험악하잖아. 엄마가 말했다.

당시 중학생이던 내가 보기에도 석이 아저씨는 살벌했다. 머리카락을 싹 다 민 빡빡머리에 눈썹도 민 건지 숱이 없는 건지 거의 없어서 막 캡슐에서 탈출한 외계인 같았다. 몸에는 의미를 알 수 없는 작은 문신이 가득했다. 타투라고 하기엔 조악한 것들이었다. 장 보러 갈 때 손바닥에 볼펜으로 적는 메모 같은 그런……

그때는 문신이 대중화되기 전이었다. 낮 시간의 동네 목욕탕에서 문신을 한 아저씨들을 볼 수 있었고 그들 대부분 몸에 칼자국이 있었다. 내가 특별히 험악한 동네에 살았던 것 같진 않다. 심지어 아빠에게도 칼자국이 있었으니까. 매일 밤 술을 마셔 불룩 나온 배에 길고 우둘투둘한 칼자국이 있었는데 그게 뭐냐고 물으면 아빠는 그때마다 다른 대답을 했다. 13 대 1로 싸우다가 생긴 상처야, 간이식을 할 때 난 상처야, 베트남전에서 철조망 아래를 기어가다 생긴 상처야, 제왕절개 수술을 한 자국이야. 응?
제왕절개?? 아빠는 밥 먹듯이 거짓말을 했다. 악의가 있
어서 그랬던 것 같진 않다. 그저 재미있으라고 한 얘기들
이었고 말재주가 좋아서 그런지 대부분 재미있었다. 돌이
켜보면 황당하고 불쾌하기까지 한 거짓말이 많았지만 말
이다.

아무튼 석이 아저씨의 문신 중에 기억에 남는 건 종아
리에 있는 문신들이었다. 문신이 특별해서가 아니라, 늘
외부에 드러나 있는 그의 종아리 때문에. 석이 아저씨는
매일 반바지를 입었다. 여름이건 겨울이건 눈이 오건 비
가 오건 반바지를 입고 다녔다. 그런데도 종아리는 하얬
다. 원래 하얀 사람이지만 저렇게 매일 반바지를 입는데
어떻게 하얗지? 엄마는 일을 안 해서 그렇다고 했다. 너희
아빠 손처럼. 엄마는 아빠의 모든 걸 싫어했지만 가장 싫
어한 건 그의 손이었다. 아빠는 글렌 굴드 부럽지 않은 길
고 부드러운 손가락을 가지고 있었다. 나는 아빠의 손가
락이 부러웠는데 엄마는 일 안 하는 팔자를 가진 남자 손
이라며 남편으로는 최악이라고 했다. 반면 엄마 손가락은
짧고 뚱뚱했고 손바닥이 두툼했다. 날이 갈수록 마디가
굵어졌고 그건 류머티즘 때문이라고 말했다. 엄마는 매일

아침 직장에 나갔고 집에 돌아와 저녁을 차리고 집안일을 했다. 반면 아빠는 매일 밤 알 수 없는 사람들과 술을 마셨고 오후 두시에 일어나 내게 라면을 끓이라거나 아이스크림을 사 오라고 시켰다. 다 먹은 뒤에는 목욕탕에 갔고 한 시간 뒤 멀끔한 모습으로 나타나 다시 술을 마시러 갔다.

어느 날 오후 느지막한 시간, 평소와 다름없이 아빠와 집을 나서는데 석이 아저씨가 검고 큰, 하지만 전혀 고급이 아닌 세단 앞에 서 있었다. 반바지를 입고 있지 않아 뭔가 어색했던 기억이 난다. 싸구려 정장 바지에 가슴팍에 자그마한 개가 그려진 베이지색 폴로셔츠를 입고 있었다. 석이 아저씨는 아빠를 보더니 구십도로 깍듯이 인사했다. 형님, 나오셨습니까. 아빠가 손을 들었다. 여어.

나는 이게 무슨 일인가 하는 심정으로 두 사람을 봤다. 아빠는 석이 아저씨가 운전하는 차를 타고 어디론가 사라졌다. 그날 이후 거의 십년 가까이 석이 아저씨와 아빠는 같이 다녔다. 석이 아저씨가 늘 운전을 했다. 심지어 엄마와 아빠, 내가 가족여행으로 포항 구룡포에 갔을 때도 석이 아저씨가 운전을 했다. 나는 생각했다. 왜 우리 가족여행에 외계인이? 우려와 달리 석이 아저씨는 순박하고 쾌활한 인간이었고 이동이 필요할 때만 나타났다.

이 모든 일상에는 나로서는 납득하기 힘든, 표피적으로만 이해 가능한 어떤 구조나 내막이 있었던 것 같다. 아빠가 부자도 아니고 깡패도 아닌데 왜 석이 아저씨가 형님이라고 하는 걸까? 석이 아저씨와 아빠가 하는 일은 뭘까? 그들과 와이프의 관계는? 가족은 왜 만들고 투표는 왜 하는 걸까? 어린 시절을 떠올리거나 한국사회의 어른들을 바라볼 때면 나는 어쩔 수 없이 이 시기에 형성된 어떤 관념을 통과할 수밖에 없었다. 이런 걸 뭐라고 해야 할까? 평범한 서민의 삶? 그건 아닌 거 같고. 양아치들의 일상? 이건 좀 너무한 거 같고. 한국사회의 정신구조? 너무 거창하다. 어찌되었건 내가 그 모든 것들에 신물 나 했음은 분명하다. 나는 중학생에서 고등학생으로 넘어가는 중이었고 문학과 영화의 세계에 빠져들고 있었다. 주변의 모든 사태를 경멸에 가까운 눈으로 바라봤고 내가 내 삶을 구해야 한다고 생각했다. 무엇으로부터? 아빠? 석이 아저씨? 아니, 목욕탕으로부터.

나는 주로 목욕탕에서 책을 읽었다. 내가 가는 목욕탕은 수성못 근처의 수성하와이라는 곳으로 무척 크고 화려했다. 지상 주차장이 있는 수백평이 넘는 부지에 홀로 우뚝 서 있는 수성하와이는 촌스러운 지방 관광지풍의 입면에 대형 온실처럼 햇빛이 내부로 쏟아져 들어오는 천장을 가지고 있었다. 동네 사람들 대부분 수성하와이에서 목욕하고 싶어했고 주말이면 삼삼오오 모여 수성하와이로 향했다. 목욕비가 조금 더 비쌌고 거리도 떨어져 있었지만 그건 중요하지 않았다. 도심 속의 휴양지, 경북의 하와이…라고 하기엔 많이 부족하지만 하와이에 한번도 안 가본 나는 충분히 만족스러웠다. 게다가 나는 목욕을 좋아했다. 탕 안에 한시간씩 있을 수 있었고(물론 나올 땐 기어서 나왔다) 목욕탕의 비치 체어에 누워 하늘에 떠 있는 구름을 상상하며(수성하와이의 유리 천장은 햇빛은 투과시켰지만 밖이 보이진 않았다) 책을 읽는 게 좋았다. 다만 이 모든 걸 알몸으로 한다는 사실이 다른 사람들에겐 조금 불편했나보다.

니는 와 목욕탕에서 책을 읽노?

생면부지의 아저씨들이 말을 걸곤 했다. 낄낄거리며 비웃는 아저씨도 있었다. 우연히 마주친 친구들은 나를 오타쿠, 왕따, 좀 이상한 애라고 생각했다. 나는 개의치 않았다. 나는 하와이 해변에서 책을 읽고 신작을 작업 중인 LA 출신 작가였다. 할리우드에서 최근작이 크랭크인했고 며칠 후 제작자가 호놀룰루공항에 도착할 예정이었다. 그

시절 내가 제일 좋아한 영화는 브라이언 드 팔마의 「칼리
토」였다. 알 파치노가 죽기 직전 품에서 바하마의 사진을
꺼내며 중얼거리는 대사를 줄줄 외웠다. 그러니까… 나는
이상한 아이, 최소한 또래 친구들과 전혀 어울리지 않는
애인 건 확실했다. 물론 그런 애라고 해서 모두 목욕탕에
서 책을 읽진 않는다.

　내가 수성하와이에서 책을 읽게 된 가장 큰 이유는 공
짜표가 있었기 때문이다. 정확한 관계는 알 수 없지만 아
빠는 수성하와이를 운영하는 아줌마(편의상 샐리라고 부
르자)와 모종의 관계였고 그래서 공짜표가 계속 들어왔
다. 나는 시간 날 때마다 수성하와이에 갔고 가장 즐겨하
던 일, '독서'를 했다. 가끔 매표소에 샐리가 있었다. 샐리
는 캔디바 아이스크림이나 바나나 우유 따위를 사줬고 아
빠는 뭐 하노, 같은 질문을 던졌다. 그때마다 대답이 궁했
다. 뭐 하지, 그 인간.

　아빠와 샐리의 진짜 관계를 알게 된 건 좀 나중이다. 계
속 수성하와이를 가야 하는지 진지하게 고민했던 것 같
다. 내 고민은 엄마가 수성하와이를 다닌다는 사실을 알
고 난 뒤 해결됐다. 엄마는 나 못지않은 수성하와이의 단
골이었다. 당시 엄마 심경이 어땠는지는 잘 모르겠다. 아

빠는 늘 엄마를 사랑(한다 고)했고 엄마는 아빠를 죽은 개 취급했지만 말이다.

그날도 평소처럼 수성하와이에서 책을 읽었던 것 같다. 평소와 조금 다른 게 있다면 학교를 땡땡이쳤다는 거다. 나는 고등학교에 적응하지 못했고 학교와 관계된 모든 것에 흥미를 잃었다. 정확히 말하면 대구와 관계된 모든 것에 흥미를 잃었고 빨리 이 동네를 뜨고 싶었지만 어떻게 해야 할지 알 수 없었다. 내 손에 들린 건 공짜 목욕탕 티켓과 소설책, 버스비 정도의 돈 몇푼이 다였다.

학교를 가는 척하고 집에서 나왔지만 어디로 가야할지 몰라서 한동안 방황했던 것 같다. 버스를 타고 종점까지 갔다. 두류공원 쪽이었는데 도무지 어딘지 모를 곳이었다. 종점에는 나란히 도열해 있는 버스와 컨테이너로 만든 기사들의 휴식터, 사무실 따위만 있었다. 거대한 먹구름이 잠수함처럼 습기 가득한 대구의 하늘 위로 드리워졌다. 도시의 서쪽에서 천둥소리가 들렸다. 나는 종점에 주차한 버스의 뒷좌석에 가만히 앉아 있었다. 기사 아저씨는 나를 흘깃 보기만 할 뿐 아무 말도 하지 않았다. 그는 천천히 버스에서 내려 다른 기사들에게 다가갔다. 나는 가방에서 책을 꺼내 읽기 시작했다. 고려원 미디어에서 나온 『세계 SF 걸작선』이었던 것 같다. 글자들이 지렁이처럼 책 위를 기어 다닐 뿐 하나도 머리에 들어오지 않았다. 아이작 아시모프를 좋아한다고 말하고 다녔는데 지금 생각해보면 개뿔 아무것도 몰랐다. 그냥 읽는 시늉만 했던 것이다. 그래도 그 책은 중요했다. 당시 내 주변에는 이런 책을 읽는 사람이 아무도 없었다. 나는 아이작 아시모프를 안다는 사실만으로 스스로를 좀 다른 사람, 특별한 사람으로 생각할 수 있었고 그게 빈털터리에 외톨이인 나를 지켜주는 최후의 방어선이었다. 후 불면 날아갈 모래 장벽에 불과하지만 당시에는 거기에 필사적으로 매달렸다.

곧 버스 기사 아저씨가 돌아왔고 가타부타 말없이 시동을 걸었다. 나는 뒷좌석에 앉아 왔던 코스를 고스란히 되짚어 돌아갔고 수성못에서 내려 수성하와이로 향했다.

평일 낮이라 그런지 매표소에 샐리가 있었다. 샐리는 공짜 티켓을 내미는 나를 물끄러미 봤다. 그리고 매표소 밖으로 나왔다. 그녀를 매표소 밖에서 본 건 처음이었다. 생각보다 키가 작았다. 나보다 머리 하나 아래 있었던 것 같다. 그녀는 더이상 공짜 티켓을 줄 수 없을 것 같다고 말했다. 이제 수성하와이를 떠날 거라고 말이다. 그러면서 내게 다섯장의 티켓을 건넸다.

이게 마지막이데이. 샐리가 말했다.

나는 뭐라고 말해야 할지 생각했지만 할 말을 찾을 수 없었다. 내가 할 수 있는 모든 종류의 말이 그녀에게 실례가 될 것 같았고 부적절하게 느껴졌다. 감사합니다,라고 고개를 꾸벅할까 생각했지만 그것도 불편해서 말하지 못했다. 지금 생각하면 감사하다고 하는 편이 좋았을 것이다. 샐리가 다시 매표소 안으로 들어가더니 말했다. 아빠는 뭐 하노? 어제 또 술 마셨제?

목욕탕 안은 조용했다. 유리 천장을 때리는 빗소리와 열탕 안에서 찰박거리는 노인의 움직임 소리만 들렸다. 나는 간단히 샤워를 하고 온탕에 몸을 담갔다. 피부가 순간적으로 수축되는 느낌과 함께 따뜻한 물속으로 몸이 빨려 들어갔고 잠시 후 생각과 기억이 이완되며 근육이 풀리기 시작했다. 나는 젖은 손가락으로 조심스럽게 페이지를 넘기며 책을 읽었다. 똑, 똑 물방울이 떨어지는 소리가 들렸고 열기와 물기로 흐물흐물해진 종이의 감촉이 느껴졌다.

그때 온탕 안으로 누가 들어왔다. 순간적으로 수위가 엄청 높아지는 걸 느낄 수 있었다. 나는 눈을 치켜뜨고 옆을 봤는데 익숙한 얼굴이었다. 사내와 눈이 마주쳤다. 양준혁이었다. 양준혁은 몸을 깊이 담그고 얼굴에 수건을 올려놓았다. 그리고 어… 하는 소리를 냈다. 잠시 멍하니 그를 봤던 것 같다. 친구들에게 수성하와이에서 이승엽과 양준혁 등을 봤다는 이야기를 종종 들었지만 실제로 본 건 처음이었다. 양준혁은 살면서 본 사람 중에 가장 컸다. 키가 큰 건지 머리가 큰 건지 몸이 큰 건지 알 수 없었지만 아무튼 대단히 거대했다. 나는 그에게 말을 걸어야겠다고 생각했다. 평소라면 전혀 하지 않았을 행동이지만 그날은 왜인지 그런 생각이 들었다. 심지어 나는 야구를 좋아하지도 않는데 말이다.

양준혁 선수세요?

고요한 탕 안에 내 목소리가 울렸다. 영겁에 가까운 시간이 흘렀고(실제로는 아주 짧은 시간이었을 것이다) 물 속의 거대한 생명체가 서서히 움직이기 시작했다. 앨리게이터? 크라켄? 꼬리를 슬슬 휘저으며 수면에 파동을 일으키는 것처럼, 물 전체가 동요를 일으키는 것 같았다.

학교 안 가고 뭐 하노. 양준혁이 말했다.

책 읽는데요.

여서?

양준혁은 말을 길게 하지 않았다. 말을 길게 할 필요가 없는 삶을 살아왔다는 걸 본능적으로 알 수 있었다. 그는 손을 뻗어 책을 가져갔고 몇장 넘겼다. 책이 자그마한 수첩처럼 보였다. 나는 양준혁에게 주저리주저리 뭔가를 이야기하기 시작했다. 아이작 아시모프라고 구레나룻이 긴 작가가 있는데요… 그 사람이 만든 로봇 삼원칙이 있는데요… 일, 로봇은 사람을 해치면 안 된다. 이, 로봇은 명령에 복종해야한다. 삼… 세번째는 첫번째, 두번째와 모순되는 거였던 거 같은데… 아닌가, 사실 저도 잘 몰라요.

양준혁이 책을 내게 돌려줬다. 그는 웃는지 무표정인지 모를 표정으로 나를 봤는데 무척 지쳐보였다. 그러나 눈빛은 상냥했다.

문득 샐리와 마찬가지로 내가 양준혁에 대해 아는 게 없다는 사실을 깨달았다. 야구에 대해 잘 알았더라면 좀 달랐으련만. 그가 삼성 소속이고 타자라는 사실 외에 아는 게 없었다. 나중에 알고 보니 그는 이적 문제로 무척 골치 아픈 상황에 놓여 있었다. 해태로 트레이드됐는데 원치 않던 이적이었고 고향이라고 생각했던 삼성은 그를 버리다시피 했다. 그러나 나는 그런 문제에 대해 까맣게 몰랐고 양준혁 역시 아무 말도 하지 않았다. 그는 얼굴에 수건을 올리고 어… 하는 소리를 낼 뿐이었다.

무척이나 어색한 시간이었다. 나는 계속 탕 안에 있어
야 할지 양준혁을 피해 다른 곳으로 옮겨야 할지 망설였
다. 갑자기 발가벗겨진 것 같은 기분이(실제로 발가벗었
지만) 들었다. 그 순간이었다. 맞은편 탕에 있는 석이 아
저씨를 발견한 건. 석이 아저씨는 몸의 반을 탕 밖으로 내
놓고 나를 쳐다보고 있었다. 양준혁을 쳐다보고 있었던
건가? 풍경을 희미하게 만드는 수증기 때문에 확실하지
않았다.

수성하와이에는 보통 목욕탕의 거의 세배에 가까운 숫
자의 탕이 있었다. 그중 메인이라고 할 수 있는 탕은 목욕
탕 중간에 있는 네개의 탕으로 온탕과 열탕, 해수탕 그리
고 한개의 이벤트 탕이었다. 나와 양준혁이 있던 곳은 온
탕이었고 석이 아저씨는 해수탕에 있었다. 그는 작은 문
어처럼 보였다. 조금의 과장도 없이 말이다. 나는 온탕에
서 일어나 해수탕으로 옮겼다.

석이 아저씨는 히죽거리고 있었다. 물 밖으로 드러난
몸은 볼품없었다. 희고 긴팔에 처지기 시작한 가슴과 뱃
살이 보였고 그 위로 듬성듬성 문신이 새겨져 있었다. 덩
치도 작고 근육도 없고 잡아당기면 고무줄처럼 늘어나지

만 탄성이 없어 회복되지 않을 것 같은 피부였다. 그렇지만 왠지 무서웠다. 체형이 특이해서 그런 것 같았다. 석이 아저씨는 불분명한 발음으로 사인 받았느냐고 말했다.

사인, 사인.

그가 책을 가리키며 히죽거렸다. 나는 목욕탕인데 어떻게 사인을 받느냐고 말했다.

왜? 사인 안 해주드나? 사인 받아주께. 사인 받아주께. 석이 아저씨가 말했다. 나는 그게 아니라 목욕탕이라서 사인을 못 받은 거라고 말했다. 석이 아저씨는 고개를 갸우뚱했다. 사인 받아주까?

말릴 사이도 없었던 것 같다. 아니면 말렸는데 석이 아저씨가 못 들었거나. 아저씨가 해수탕에서 벌떡 일어나더니 아직 온탕에 몸을 담그고 있는 양준혁에게 전진했다. 탕을 가르며, 연약한 물살을 일으키며 말이다. 나는 해수탕 모퉁이에 짱박혀 숨을 죽이고 그 모습을 지켜봤다. 솔직히 말하면 창피해서 죽을 것만 같았다. 하지만 창피하다는 생각을 한다는 사실이 창피하다는 생각이 들었고 어찌해야 할지 알 수 없었다. 석이 아저씨가 양준혁에게 뭔가 얘기했던 것 같다. 특유의 불분명한 발음으로 같은 말을 반복해가면서. 양준혁은 석이 아저씨를 흘긋 보더니 몸을 돌렸다. 아저씨는 양준혁의 어깨를 만지며 내 쪽을 손으로 가리켰다. 나는 탕 안으로 잠수하고 싶은 심정이었다. 그들의 눈길을 피해 고개를 숙이고 물속을 뚫어져라 쳐다봤다. 잉어라도 헤엄치고 다니는 것처럼 말이다. 바닥의 푸른 타일이 물의 흐름을 따라 일렁였고 해수탕의 열기 때문에 얼굴이 화끈거렸다. 조금 시간이 흐른 것 같았다. 나는 고개를 들었다. 탕을 나온 양준혁이 등을 보이며 걸어가고 있었다. 하반신을 온탕에 담그고 우두커니 서 있는 석이 아저씨의 뒷모습이 보였다. 그때였다. 석이 아저씨가 나를 돌아보며 미소 지은 건. 너무 활짝 웃어서 입술 뒤의 문신이 보이는 것 같은 착각이 들 정도였다.

석이 아저씨가 탕을 나와 양준혁을 쫓아갔다. 등을 두드리더니 입술을 까뒤집어 문신을 보여줬다.

그 뒤 무슨 일이 일어난 건지는 분명하지 않다. 목욕탕의 수증기처럼 뿌옇지만 한편으로는 자연스러운 일이었던 것 같다. 양준혁이 매달리는 석이 아저씨를 뿌리쳤고 아저씨는 몇번이나 바닥에 넘어졌다. 미끄러진 건지 밀린 건지 알 수 없었다. 얼마나 실랑이가 오갔는지 모르겠다. 몇 안되는 목욕탕의 사람들이 웅성거리며 모여들었다. 이윽고 양준혁이 내게 손짓을 했다. 나는 축축이 젖은 책을 들고 그들에게 다가갔다. 눈물이 왈칵하고 쏟아질 것 같았다. 무슨 말을 해야 하지, 어떻게 해야 하지 계속 생각했던 것 같다. 석이 아저씨를 봤는데 그는 여전히 웃고 있었다. 나는 양준혁에게 책을 내밀었다. 귓속에서 뭔가 웅웅대고 있었다. 사람들의 목소리는 잘 들리지 않았다. 누군가 틀어놓은 샤워기 물줄기가 쏴 하고 귓속으로 쏟아지는 것처럼 멍했다. 머릿속에는 두서없는 말들이 맴돌았다. 나는 야구도 좋아하지 않는데, 삼성, 롯데, 해태는 광주… 로봇 삼원칙, 로봇은 사람을 해치지 않는다……

양준혁은 알몸으로 나가더니 카운터에서 펜을 빌려 사인을 했다. 획이 크고 알아보기 힘든 사인이었다. 석이 아저씨가 양준혁에게 꾸벅 인사했다. 양준혁은 고개를 끄덕하고 다시 목욕탕 안으로 들어갔다.

석이 아저씨와 나는 묵묵히 몸을 닦고 옷을 입었다. 아저씨가 공부 열심히 해야 된다, 아빠가 거는 기대가 크다, 목욕탕에서 책을 읽으니 얼마나 잘하겠노, 같은 말들을 계속했던 거 같다. 무슨 대꾸라도 해야 할 것 같았다. 나는 사인 받아줘서 감사합니다,라고 말했다. 겨우 쥐어짜낸 말이었다. 석이 아저씨가 히죽 웃었다. 좆도 아니지. 그가 말했다. 그 정도는 좆도 아니지. 나는 고개를 숙였다. 그리고 학교에 가야 된다고 말하고 목욕탕을 나왔다.

우리 집은 그로부터 얼마 지나지 않아 다른 곳으로 이사를 했다. 그후에도 석이 아저씨는 아빠의 기사 노릇을 했지만 나와 마주치는 날이 많진 않았다. 고등학교를 졸업한 나는 대구를 떠났고 그 뒤로는 그를 전혀 볼 수 없었다.

석이 아저씨의 소식은 한참이 지난 뒤 엄마를 통해 들었다. 엄마는 석이 아저씨의 와이프와 최근까지 연락을 했다고 말했다. 아저씨와 이혼을 하고 돈 많은 유부남을 알게 되어서 노래방을 차렸고, 장사가 잘돼서 돈을 많이 벌었단다. 석이랑 헤어지길 잘했지. 엄마가 말했다. 이혼 후 석이 아저씨는 검은 서류가방을 들고 투자를 받으러 돌아다닌다고 했다. 가방 안에는 가짜 땅문서와 계약서가 있었지만 아무도 사인을 하지 않았다. 만난 적 있어? 내가 물었고 엄마는 고개를 저었다. 소식만 들었지. 그래도 아직 잘 살고 있어.

I am ready for the phantom, I welcome it.

—John Akomfrah

　그와 사랑에 빠진 건 그가 쓴 글 때문이다. 이런 말 하기 부끄럽지만 페이스북에 쓴 글 때문에 그를 사랑하게 됐다. 지금은 탈퇴와 이주 행렬로 폐허가 되었지만 그때만 해도 누구나 페이스북을 했고 좀 똑똑하다 싶은 이들은 아무도 묻지 않는 자신의 망상을 그럴듯한 이론인 양 앞다투어 쏟아냈다. 어떤 이들은 아직도 그러고 있다고 들었지만 나는 아는 바 없다. 페이스북은 다른 행성이 돼버렸으니까.

　행성 비유를 이어가자면 그는 검은 은하계의 중성자별에서 왔다고 주장하는 아프리카계 프랑스인 재즈 뮤지션의 관점에서 당시 문화현상을 논평했다. 뭔 해괴한 컨셉질인가 싶지만 그때는 꽤나 먹혔다. 특히 내가 반한 건 그가 음악에 대해 쓰는 방식, 영상 작업에 사용되는 사운드를 해석하는 방식과 우리 환경을 둘러싼 소음, 우주의 음향에 대해 논하는 방식이었다. 그것은 지금껏 한번도 보지 못한 무언가였고 망망대해를 가로지르는 상상의 열차가 잠시 정차한 어느 섬의 텅 빈 역에서 바라보는 지구의 끝과 같은 느낌이었다고 한다면 무척이나 과장되고 얼척없는 소리로 들릴 거라는 걸 잘 알지만 정말 그랬다. 나는 너무나 외로웠고 이유를 알 수 없는 고통에 차 있는 나날을 보내고 있었고 이 분노와 슬픔 기타 등등이 얼마나 갈지 짐작조차 할 수 없었다. 그런 상황에서 그의 글을 읽는 것은 거대한 위로였다. 당시에는 위로가 아니라 깨달음, 통찰, 지식, 치열함 등등으로 생각했지만 그게 단지 위로였다는 사실을 이제는 알 수 있다. "현재는 무한히 수축하고 미래는 텅 비어 있지만 우리는 움츠러들지 않는다. 우리는 미래를 갖지 않는다. 우리는 미래를 나눈다." 그는 공허를 긍정하는 법을 알려줬고 그것들을 기이한 종류의 낙관으로 나아가게끔 했다. 그래서 결과적으로 우리가 어디에 이르게 됐는지는 알 수 없지만 말이다.

그의 필명은 배리 보바였다. 미국의 어느 SF 소설가와 뮤지션이 협업한 서사시의 주인공인 가상 객체의 이름을 다른 배열로 조합했다고 하는데 그게 뭔지는 기억나지 않는다. 그가 말한 작품을 모든 포털사이트에서 검색했지만 나오지 않았다. 배리는 당연하다고 했다. 배리/보바는 정식으로 유통되지 않았고 극소수의 사람만이 팸플릿 형태로 돌려 읽었으며 강력한 휘발성을 목적으로 하는 텍스트였다고, 그는 말했다. 플랫폼에 길들여진 감상적인 문학 나부랭이와는 다르지.

친구들은 내가 배리와 만나는 걸 이해하지 못했다. 그는 나쁜 연인의 전형이었고 그와 만나는 건 인지적 고문이었다. 하지만 그의 글을 읽고 사랑에 빠진 건 나만이 아니었고 그와 연인이 되기 위해 수많은 경쟁자를 물리쳐야 했다. 실제의 그가 어떤 인간인지는 중요하지 않았다. 당시의 내게 현실은 오로지 그가 쓴 글과 그 글들이 관계 맺는 세상의 요소들, 매일 반복해서 듣는 노래와 웹을 떠돌아다니는 국적 불명의 영화들, 유명 작가들, 유명 비평가들, 오디션 프로그램과 리얼리티 프로그램의 스타들이었고 그것들을 사랑하고 증오하고 배신감을 느끼고 궁금해하는 모든 과정을 그는 눈부신 속도로 써내려갔다. 그와 매일 밤 섹스를 한다 해도 그가 내 의중을 이 정도로 알 수는 없었으리라. 실제로 그는 전혀 몰랐고 나는 그와 육체적으로 가까워질수록 정신적으로 멀어지는 기묘한 경험을 했다. 그러나 그것도 모두 옛날 얘기다. 그와 헤어진 게 삼십년 전이고 그의 독특한 문체나 사고방식도 어느새 낡은 게 됐다. 우리가 헤어진 뒤 그는 SNS의 각종 논쟁에 참전했고 수차례 조리돌림 당했으며 우익 신문에 칼럼을 연재했지만 소리 소문 없이 중단했고 혁명정당을 조직해 마포구 시의원에 출마했지만 떨어졌다. 나는 모든 걸 멀리서 희미하게 접했다. 그는 언제나 그랬듯 거의 모든 사안에 빛의 속도로 달려들었지만 우주는 빛이 도달하기에 너무 멀고 광대했다고 해두자. 그는 실패자였다. 그는 실패자의 자리에 있을 때만 매력적일 수 있었다. 그곳을 벗어나자 빛을 잃었고 평범보다 못한 사람으로 전락했다.

그러던 어느 날 그가 정신이 나갔다는 소문을 들었다. 기계의 목소리를 듣는다는 이야기를 떠들고 다녔고 화력발전소 굴뚝에 쇠사슬로 몸을 묶고 실린더의 언어를 인간의 언어로 번역하는 퍼포먼스를 했다고 한다. 하지만 아무도 그의 말에 귀 기울이지 않았고 그는 서서히 잊혀갔다. 어디서 뭐하고 지내는지 알 수 없는 흔해빠진 과거의 인물 중 하나가 된 것이다. 그리고 전인류를 수렁 속에 빠트린 대정전의 시기가 왔다. 암흑밖에 없었던 그 칠백여

일 동안 그도 수많은 실종자 중 하나가 됐다.

그런데 갑자기 어디선가 그를 추종하는 이들이 나타나기 시작했다. 나로서는 어찌된 영문인지 알 수 없었다. 함께 산 지 십여년이 된 두번째 남편의 병수발을 하고(그는 블랙아웃 후유증으로 시냅스의 전기 신호 강도가 현저히 낮아졌다) 정원을 가꾸고 고양이와 개가 나오는 쇼츠를 보는 것 말고는 아무것도 하지 않으니까. 배리의 추종자라며 나를 찾아온 두 청년은 요즘 젊은 애들 대부분이 그렇듯 인공 배양과 인공 자궁을 통해 태어난 부모도 가족도 역사도 없는 그런 아이들이었다. 솔직히 말하면 나는 그들이 측은한 만큼 두렵다. 자신의 존재가 인위적인 필요에 의해 계획되고 구성된 것에 불과하다면 어디에서 삶의 근원을 찾을 것인가. 나와 같은 평범한 인간들은 종교나 이데올로기, 믿음을 상실해도 어딘가 마음 한 구석에 기댈 곳이 있다. 말하자면 생명의 탄생이라는 차원에서, 그 개별적인 동시에 집합적인 우연과 사랑, 오해의 중층적 결정 속에서 태어났다는 사실 자체가 우리가 길을 잃지 않도록 한다. 그러나 그들은 다르다. 그들이 앞으로 어떤 삶을 살지 나로서는 짐작도 할 수 없다.

두 청년은 배리 보바에 대한 다큐멘터리를 제작하고

있었고 내게 인터뷰를 요청했다. 그들에 따르면 배리는 지금의 인류와 우주를 예견한 예언자였다. 물론 나는 거절했다. 삼십년 전의 연인에 대해서, 그것도 수치심과 불안, 비관만을 알려준 사람에 대해서 말할 이유가 없었다. 하지만 두 사내는 물러서지 않았다. 아마 밤새워 대화를 나눠도 그들을 설득할 수 없었을 것이다. 인공적으로 태어난 부류 대부분이 그렇듯 그들은 광신도였다. 믿음의 근거가 절박한 사람들, 자연과 생명에 자연스럽게 기대지 못하고 광신의 근거를 찾는 사람들. 그들에게 배리가 압도적인 영향력을 발휘하는 건 어쩌면 당연한 일일지도 모른다. 배리는 말한다. 텔레파시가 통하듯, 언어의 깊숙한 내면, 우리 겉모습의 반대편에 진실로 구조화된 평행세계가 있고 갈라진 틈새로 그곳을 엿볼 수 있다고, 일순간에 불과할지라도, 그곳을 보거나 듣고 경험하면 현실에 만족하지 못할 거라고. 찰나에 본 빛을 따라, 꿈에서 들린 음성을 좇아 평생을 살 거라고.

하지만 밤이었고, 밤이 계속되고 있었다

그때 나는 십대였고 인터넷 중독자였다. 그러나 누군들 안 그랬겠는가. 사실 인터넷 중독이라는 말은 말이 안 된다. 누구도 삶 중독이라는 말을 쓰지 않는 것과 마찬가지다. 인터넷은 곧 삶이다. 이건 SF도 사이버펑크도 아닌 우리의 현실이다.

재즈의 유령이자 뉴올리언스의 왕자로 알려진 버디 볼든의 자료를 찾다가 에슈나에슌에 대해서 알게 됐다. 에슈나에슌은 철학자이자 환경운동가이고 뮤지션이고 민족지학자이고 콰메 은크루마의 당원이었으며 시크교도였고 다큐멘터리스트이고 저글링 선수이며 아마추어 전쟁게이머이고 또 나는 모를 온갖 명칭이 따라붙는 흑인 청년이었다. 출생년도는 미상이고 인터넷에는 단 한장의 사진, 아마 젊을 때 찍은 사진으로 추정되는 흑백사진밖에 없었다. 숲과 사막이 접해 있는 어느 도시의 골목에서 걸어 나오는 그를 원경에서 찍은 사진이다. 언제 태어났는지도 모르고 어떻게 생겼는지도 모르는 그를 청년이라고 할 수 있을지 의문이지만 그에 대해 떠도는 소문에 의하면 에슈나에슌은 늙지 않는다고 했다. 왜냐하면 에슈나에슌은 한명의 인간이 아니라 전승되어 내려오는 이름이기 때문이다. 북아프리카계 흑인 커뮤니티 예술가 사이에서 심연의 무언가를 획득한 이에게만 주어지는 이름, 그러나 때가 되면 이름은 살아 있는 생물처럼 다른 사람에게로 옮겨간다. 이름을 부여받은 자는 그날부터 본래의 정체성을 모두 버리고 에슈나에슌으로 살아야 한다. 그 삶이 어떤 형태인지는 알 수 없지만 그는 그 순간부터 기본적이고 필수적인 인간의 욕망, 의식주에서 자유로워진다고 했다. 또한 가족도 친구도 사랑도 없이, 오로지 끊임없이 변화하는 관계들 속으로 진입한다고 했다. 에슈나에슌은 종교적인 걸까 예술적인걸까. 어쩌면 정치적인 걸지도 모른다. 서구 세계의 차별적이고 폭력적인 환경에서 살아남기 위해 디아스포라들이 만들어낸 우상이고 통성기도이며 허리춤에 끼워놓은 9연발 권총이고 열역학 제1법칙을 거스르고 영원히 움직이는 영구기관일지도 모른다.

하지만 나는 정말 아무것도 모른다. 그들의 세계라면 근처에도 가보지 못했고 단지 뉴스와 영화, 글을 통해서만 접했으니까. 사실 내가 방금 한 말은 배리 보바가 번역한 글을 통해 알게 된 것이다. 배리 보바는 에슈나에슌에 대한 글을 쓴 유일한 한국 사람이었다. 나는 그렇게 배리를 알게 됐다. 알고 보니 내가 궁금해했던 거의 모든 것들이 배리의 손끝을 거쳐갔다. 마음 깊은 곳에서 이게 필요하다고, 내가 원했던 건 바로 이런 거라고 지금까지 보고들었던 온갖 거지 같은 것들을 일거에 쓸어버릴 수 있는 폭탄 같은 아이디어가 바로 이것이었다고 외치고 싶은 것들이 모두 배리의 글 속에 있었다.

그후 몇년은 배리의 글에 파묻혀 지냈던 것 같다. 배리는 이미 사람들의 관심에서 벗어난 지 한참 지난 뒤였고 신작도 나오지 않고 있었지만 내게는 실시간형 작가, 지금 이 시대의 작가였다. 왜 그가 노벨문학상을 받지 않는지 의문이었고 시답잖은 텍스트들만 칭송하는 주류 언론이 증오스러웠고 수업도 듣지 않고 취업 생각도 없고 인간관계도 없었다. 여자친구는 부모도 없는 인공 생명이라는 이유로 나를 떠났다. 정말 시시한 나날이었다. 배리와 비교하면 모든 게 다 시시했고 나는 인터넷을 통해 나와 유사한 생각과 처지에 놓인 몇몇 동료를 만났다. 그들은 나와 다르지 않은 삶을 살고 있었다. 돌이켜보면 아주 잠시였지만 그 시절 우리가 뭘 하고 지냈는지 지금도 기억이 생생하다. 우리는 역사의 무아지경에 빠져 있었다. 모든 방향을 상실한 시대를 뒤로 하고 어둠을 캐고 있었다.

배리라는 악몽에서 깨어난 건 아이러니하게도 한참을 침묵하던 그가 필생의 역작이라고 할 수 있는 『대재난: 파트 원』을 출간한 뒤였다. 우리가 기대했던 종류의 책이 아니어서 그랬는지도 모르겠다. 그러나 막상 그때가 되니 내가 뭘 기대했는지 뭘 좋아했는지도 알 수 없었다. 원하는 걸 손에 넣게 되면 무엇을 원했는지도 모르게 될 것이다,라고 누가 말했던가. 벤웨이 박사였나. 글쎄, 잘 모르겠다. 이제 고유명사들은 나의 것이 아니다.

아무튼 그렇게 배리와 관계된 삶은 소진됐고 취업을 했고 나름 정상적인 연애도 했고 심지어 결혼도 했던 것 같다. 거주지를 부산으로 옮겨서 영화 관련 기관에서 영화와 관계없는 일을 하며 지내고 있었는데 블랙아웃이 일어났다. 그 시절이 어땠는지는 굳이 얘기하지 않겠다. 이미 너무 많은 이야기들이 있으니까, 눈물 없이 들을 수 없는 절절한 사연들 말이다. 하지만 정작 핵심은 아무도 이해하지 못하고 말하지 못하면서 변죽만 올려대는 한심한 인간들. 진짜 핵심은 블랙아웃 전에 쓰인 『대재난: 파트 원』에 모두 있었다. 하지만 그 사실을 아는 사람은 소수에 불과했다. 그 책을 읽은 나조차 당시에는 시시껄렁하고 지루한 작품이라고 생각했으니까.

영화 기관은 할 일이 많은 동시에 없었다. 모든 디지털 영화가 소실되어버렸으니 남은 건 아날로그 저장장치에 담긴 것들밖에 없었는데 이걸 어떻게 해야 할지가 문제였다. 플레이를 할 수 있는 기계장치가 몇 남아 있었지만 제대로 구동되지 않았다. 누구도 수리할 줄 몰랐고 대체할 부품도 없었다. 정말 처음부터 다시 시작해야 했다.

그러던 어느 날 방문한 서점의 매대에서 B4 크기의 팸플릿을 발견했다. 사단으로 접힌 팸플릿의 표지에는 크게 확대된 에슈냐에슌의 사진이 있었다. 자글자글한 픽셀이 어렴풋하게 어느 인간의 경계를 표현하고 있었지만 보는 순간 에슈냐에슌이라는 사실을 알 수 있었다. 그는 보이지 않는 눈으로 인쇄물 너머 어딘가, 이를테면 먼지 구름이 가득한 해운대 거리를 천천히 걸어가는 시인들 따위를 바라보고 있었다. 팸플릿을 열어보니 제목이 있었다. '대재난: 파트 투'. 나는 직원에게 이 팸플릿은 대체 뭐냐고, 어디서 온 거냐고 물었다. 직원은 아, 그거, 서점에 자주 오는 노인분이 계신데 자기가 만든 거라면서 둬도 되냐고 하더라구요, 그래서 여기 두면 팔아드리겠다고 하니까, 아니, 팔 필요는 없고, 그냥 무료로 나눠주라고, 돈 같은 건 필요없으니까,라고 하시면서 두고 가셨어요,라고 하는 것 아닌가. 나는 번개 맞은 듯 놀라서 되물었다. 자주 오는 손님이라구요? 네, 여기 근처에 사시는 것 같은데. 길에서도 몇번 마주쳤어요. 나는 직원에게 혹시 그분이 언제 다시 오는지 물었다. 『대재난: 파트 투』를 들고 있는 손이 떨리는 게 느껴졌다. 이 지옥을 벗어날 길이 여기 있을지도 몰랐다. 직원은 글쎄요, 언제 오실지… 하면서 고개를 갸우뚱하더니 갑자기 어, 이러면서 문을 가리켰다. 저기 오시는데요. 나는 직원의 손끝을 따라 문밖을 바라봤다. 모자를 눌러 쓴 비쩍 마른 남자가 탁하게 빛나는 먼지 구름 속에서 이쪽을 향해 걸어오고 있었다.

그건 히피들이나 지껄이는 헛소리야, 하지만 진실이지

대부분의 사람이 배리를 변절한 운동권 좌파 취급했던 시점을 생각해보면 그동안 일어났던 모든 일이 부당하게 보인다. 배리는 변절하지도 않았고 타락하지도 않았고 무능해지지도 않았고 낡지도 않았다. 낡은 것은 세상이다. 배리 같은 이는 낡지 않는다. 시간이 지날수록 빛을 발하고 깊어지고 단단해진다. 끝이 보이지 않는 해구 속으로 빨려들어가는 소용돌이처럼 주위의 것들을 혼란스럽고 두렵고 어안이 벙벙하게 만든다. 이런 종류의 사람을 신화나 전설, 레전드라고 하지만 배리에겐 그러한 호칭도 사치스럽고 저급하게 느껴진다. 그는 그렇게 왕좌에 올라 누군가를 내려다볼 사람이 아니다. 그는 아부 섞인 역사적 평가 사이를 유유자적하게 거닐며 어디에도 머물지 않고 붙들리지 않으며 자신의 무한한 과업 속으로 사라질 그런 인물이다. 그 과업이 뭐냐고? 그걸 나 같은 범인이 어찌 알겠나. 나는 그저 한명의 인터뷰어로서 진실을 전달할 뿐이다. 우리에게도 그런 사람이 있었다고, 완벽한 인간, 전인, 전무후무한 예술적 형상. 그런 그를 밖으로 내친 것은 우리의 세상이다. 우리의 어리석음이고 우리의 부덕함이고 우리의 시기와 질투와 게으름이다.

내 직업은 일간지 기자다. 방금 전까지 문화면에 실릴 기사를 쓰고 있었다. 어떤 중견 작가의 소설에 대한 리뷰다. 하지만 다들 알다시피 신문기자의 리뷰 따위 누가 읽겠는가, 요즘 세상에! 솔직히 말하면 나도 내가 리뷰할 소설을 읽지 않았다. 책이 왔으니까 펼쳤고, 몇 문장 소리 내어 낭독했고 작가의 말을 통독했으며 해설은 두 문단 정도 읽은 것 같다. 그러나 출판사에서 보내준 보도자료는 꼼꼼히, 게걸스럽게 읽었다. 네 페이지짜리 보도자료에는 모든 내용이 다 있었다. 영화 예고편이 그런 것처럼 잘 만들어진 보도자료는 손에 땀을 쥐게 하고 가슴을 두근거리게 한다. 발췌한 문장 하나하나 어쩌나 주옥같은지! 그러나 책을 집어 들면 이런 생각이 든다. 이걸 다 읽을 시간이 있을까? 왜 두시간씩이나 앉아서 이걸 봐야 할까? 그것이 누구에게 무슨 이득이 되는 걸까? 심지어 작가에게도 도움이 되지 않을 것이다. 내가 할 일은 그저 좋은 말을 적당히 써내는 것뿐이다. 극찬이라면 더 좋다. 철판 깔고 말하는 것이다. "우리 시대가 가장 필요로 하는 목소리!" 내가 이 작품을 읽었는지 아닌지는 중요하지 않다. 배리는 일찍이 말했다. 이제 누구도 텍스트를 판단하지 못하는 세상이 올 거라고, 모든 기준과 권위가 소금 기둥처럼 무너져 내릴 거라고, 그때가 되면 텍스트는 각자의 세상에서 자유롭게 살 거라고. "그러나 자유는 독재를 불러오는 법이다." 결국 배리의 경고가 옳았다. 해방정국은 잠시 유지될 뿐 새로운 독재자가 그 자리를 대신한다. 더이상 구태의연한 명작과 고전의 기준에 얽매이지 않아도 된다고? 하! 두고 봐라. 그것보다 훨씬 못한 기준이 그 자리를 대신할 테니. 새 시대의 문제는 명약관화했다. 독재자의 숫자가 너무 많다는 것이다. 스웨덴의 비평가 스테판 욘슨은 말했다. "통치권이 인민에게 전달되던 바로 그 순간 인민은 자신의 본질을 상실한다. 조밀하고 유기적인 인간 공동체로서 인민의 특성은 증발하고 인민은 산수의 원칙에 따라 집계되는 일련의 추상적인 단위들로서만 알려진다."

그러나 다 집어치우자. 어차피 블랙아웃 이후 모든 논의는 원점으로 돌아갔으니까. 아무도 생각이라는 걸 하지 않으니까. 그러니 그냥 배리에 대해 이야기하자. 그게 더 좋은 선택이다.

나는 배리의 유일한 제자고 배리는 아무것도 없는 방에 나를 가둬놓고 글쓰기를 연습시켰다. 인터넷도 없고 전화도 없는 방에, 달랑 연필과 노트 하나 주고 처넣은 것이다. 내가 믿어야 할 것은 오로지 기억과 육체밖에 없었다. 배리가 말했다. 글쓰기는 무저갱 속에 홀로 남았을 때 맨손으로 그곳을 빠져나올 수 있는가 없는가 하는 문제라고, 오로지 너 자신의 기억을 빨아먹고 핥아먹고 찌꺼기 하나 없이 긁어내야 한다고. 그가 처음 이 말을 했을 때 사람들은 콧방귀를 뀌었다. 당시 사람들의 뇌는 머릿

속에 있지 않고 마더보드 속에 있었으니까. 하지만 그대들도 이젠 알 것이다. 배리는 그때 이미 블랙아웃을 예견했다. 홍천의 깊은 산에 위치한 어느 버려진 건물에 나와 동료를 각자의 방에 가뒀을 때. 우리는 사흘 밤낮 쉬지 않고 글을 썼다. 밤에는 가스등을 켜고 낮에는 배리가 넣어주는 급식을 먹으며 머리를 굴리고 또 굴렸다. 같은 내용이 수십번 바뀌어 서술되었고 서술이 변화할 때마다 과거를 둘러싼 시간과 공간도 변했다. 나는 어떤 기억도 어떤 세계도 동일하지 않다는 사실을 깨달았다. 배리는 반영하거나 재현한다는 생각을 버리라고 말했다. 지금까지 배운 어떤 규칙이나 형식도 잊으라고, 오로지 그 순간 내면에 존재하는 창조성에 집중하라고, 그렇게 하면 어느 순간 다른 차원에서 전파되는 상상력과 마주할 것이라고, 그걸 통해 현실을 창조하라고, 이야기를 지어내는 게 아니라 다른 현실, 진짜 현실을 창조하라고 말했다.

지금에야 할 수 있는 말이지만 배리의 가르침은 그만이 실현 가능한 엉터리 교육법이었다. 그러나 그 일이 없었다면 블랙아웃의 정체를 깨닫지 못했을 것이다. 사람들은 블랙아웃을 기술 의존적인 인류가 겪은 환경 재난 중 하나로 생각할지도 모르지만 내 생각은 다르다. 블랙아웃은 우주의 변덕이다. 불현듯 세팅 값이 변하는 것이다. 이유도 원인도 목적도 없이 불현듯. 이 모든 게 장난이고 게임이라는 듯이, 현실의 프로토콜이 달라진다. 우리는 처음부터, 맨손으로 다시 배우는 수밖에 없다. 살아남았다는 사실에서 감사하면서 말이다.

멍하니, 공허하고 죽은 마음으로

지금의 세대들이 배리 보바를 받아들이는 방식에는 무언가 이상한 점이 있습니다. 배리의 텍스트들이 어디서도 본 적 없는 종류의 강렬함, 흡사 외계문명의 신호를 수신해서 번역한 것 같은 느낌을 주는 것이 사실이지만, 그렇다고 해서 그들이 생각하는 것처럼 대단한 가치를 지니고 있다고 할 수 있을까요. 그의 필체나 키보드 사용방식을 예로 들 수 있을 것 같네요. 그는 유년시절부터 자신만의 독특한 필체를 창조해서 사용했습니다. 어린 시절의 증언과 노트들이 그 사실을 증명하지요. 그의 한국어 자음과 모음은 우리의 것이지만 어딘가 비뚤어지고 변형되어 있고 띄어쓰기와 맞춤법도 스스로가 창조한 원칙을 따르지요. 기묘한 점은 그럼에도 불구하고 우리에게 읽힌다는 겁니다. 식민지 시기 한국어, 조선시대의 가사를 읽는 것 같은 기분이지요. 더 흥미로운 건 그가 컴퓨터를 사용할 때는 멀쩡한 글을 써낸다는 것인데요, 이것을 가능하게 하기 위해서 그는 키보드 자판을 자기 식대로 조립했습니다. 남아 있는 사진 자료를 보시면 아실 겁니다. ㅏ가 있는 자리에 ㅋ이 있고 ㄷ 자리에 ㅠ가 있는 식이지요. 이것이 어떤 식으로 작동되는지 그 메커니즘을 정확히 알고 있는 사람은 없습니다. 대단한 수수께끼는 아닐 겁니다. 이것은 명백히 기술적인 것이니까요. 하지만 우리는 한 가지 사실을 깨달을 수 있습니다. 배리의 세계가 대단히 유아론적이라는 것이지요. 그건 그의 사적 삶과도 관계가 있습니다. 대학 시절 친구이자 배리의 오랜 지지자였던 영화감독 HC는 회고록에서 이렇게 말했습니다. 배리는, 나의 생물학적 아버지는 나라고 말하곤 했어요. 그는 정말 이상한 청년이었습니다. 악몽에서 본 부기맨을 연상시키는 길고 마른 몸을 휘적거리며 걸어다녔고 눈은 너무 작아서 보이지 않을 지경이었지만 가끔은 안광에 전두엽이 지져지는 것 같은 기분이 들게 했지요. 무시무시할 정도로 많은 것들을 습득했던 기억이 납니다. 보통 사람들의 백배는 됐을 겁니다. 먹지도 자지도 싸지도 않는 것 같았어요. 정확히 말하면 먹고 자고 싸는 동안에도 끊임없이 뭔가를 읽고 써댔지요. 그러니 어쩌면 그는 정말 자신의 생물학적 아버지인지도 모릅니다. 그의 말에 따르면 그는 엄마와 관계해서 스스로를 낳았다고 합니다. 소름 돋는 얘기지요. 어떻게 태어나지도 않은 그가 자신의 엄마와 섹스했는지는 중요하지 않습니다. 궁금하지도 않고요. 그저 크리피할 뿐이죠. 배리가 자신의 탄생설화를 말할 때마다 동료들은 질색팔색했어요. 미친놈이라고, 구역질 나는 놈이라고. 하지만 배리는 농담이 아니라고 했지요. 내가 아닌 그 누구도 나를 창조하지 못한다고요.

증언과 자료에 따라 배리를 편집광으로 생각하는 건 어렵지 않은 일입니다. 하지만 그를 단순히 마구잡이식 편집증 환자로 모는 것은 작금의 현상을 분석하길 포기하는 것과 다름없습니다. 그의 편집증은 종교 교리나 과학 이론처럼 체계적으로 우리의 삶과 기계의 역사, 우주의 변화 등을 암시하고 묘사합니다. 그의 방대한 저작에 대해 다 얘기할 수 없지만 흥미로운 한가지 측면을 얘기할 순 있습니다. 배리는 기후재난은 존재하지 않는다고 말합니다. 그를 블랙아웃을 예견한 대제사장으로 여기는 요즘 세대들과는 완전히 다른 관점입니다. 배리의 추종자들은 배리가 인류에 경고를 보내고 있다고 생각하지요. 그가 쓴 텍스트들은 그것이 비평이건 시건 소설이건 간에 과학기술의 타락과 우주의 노모스에 대해 언급하고 있다고요. 하지만 배리의 입장은 그보다는 훨씬 단순하고 간명하며, 반대 방향을 가리킵니다. 그의 표현에 따르면 그는 외계민족주의자입니다. 그는 지배에 대해서 말하고 있어요. 힘의 지배, 그가 칭송하는 유령들의 지배, 어둠 속에서 빛나는 무언가를 목격한 이들의 단결과 그들에 의한 폭력과 혁명, 새로운 질서 같은 것들이죠. 그가 컬트적 숭배를 받는 이유는 사실상 여기 있습니다. 그가 언급하는 수술도 이것과 연결되지요. 그는 천두술로 혈류의 방향을 바꾸면 우리의 의식이 확장되고 자아가 연결될 수 있다고 주장합니다. 자신이 듣는 기계의 음성을 모두가 듣고 모두가 모두의 음성을 동시에 말하고 듣게 될 거라고요. 그때가 도래하면 더이상 언어는 의미가 없어질 겁니다. 의식이 의식과 직접 소통하게 될 테니까요.

모두를 위한 불멸에 온 것을 환영하오, 친구들

　세상이 멸망할 것이라는 사실이 명백하게 밝혀진 블랙
아웃의 그날 나는 코인노래방 안에 있었다. 나는 원하기
만 하면 얼마든지 오래 노래 부를 수 있었다. 영원에 가까
운 노래들이 내면에서 흘러나와 공기를 진동시키고 작은
박스 안을 가득 채웠다. 완전한 어둠 속에서, 세상과 나는
아크릴과 플라스틱을 경계로 나뉘었지만 내가 있는 공간
은 완벽했고 아무도 나를 찾는 사람이 없었다. 기계는 멈
췄고 빛은 사라졌으며 멜로디를 구성하는 물질이 우주를
채웠다. 의미가 우주의 의식 속에서 헤엄쳤고 나는 전자
기장과 중력장처럼 노래가 하나의 힘이라는 사실을 깨달
았다. 내가 부르는 노래가 정신 나간 사람의 외침에 불과
하게 들릴지도 모른다. 시간도 공간도 사라져버린 끝없는
어둠 속에서 누군가 내 노래 소리를 듣는다면 경기를 일
으킬지도 모른다.

　하지만 노래는 멈추지 않을 것이다.

　이곳에서 나가면 내 삶이 완전히 달라질 거라는 사실
을 알 수 있었다. 내 삶뿐만 아니라 행성 전체가 달라질
것이고 나는 배리를 찾고 그와 함께 하는 것에 일생을 바

치기로 결심했다.

우리에게 우리가 잃어버린 기도하는 법과 우리가 살아가는 법을 가르쳐주시며 우리 곁에 살아남아 우리와 함께 영원하실 것을 믿기로 맹세합니다.

연대가 당신과 손을 잡아야 한다는 뜻이라면 나는 연대하지 않겠다

부산에 칩거한 배리를 설득해 책을 출간하는 것은 쉽지 않은 일이었다. 애초에 우리가 원했던 것은 『대재난: 파트 투』 전체를 양장본으로 출간하는 것이었지만 배리는 단호히 고개를 저었다. 대재난은 중국과 독일 쪽 출판사와 얘기가 진행 중이라고 했다. 그들의 제안은 파트 스리까지 총 세권으로 완결하자는 것으로 출간만 하면 영미권에 번역되는 건 시간문제라고 했다. 배리는 주요 번역에이전시와 끈이 닿아 있다고 말했다. 법학박사 출신 에이전트가 하루가 멀다 하고 전화를 걸어 소립자의 지혜에 기반을 둔 새로운 종류의 카운터컬처 운동을 촉발시킬 수 있는 기회라고 애걸복걸한다는 거다.

우리는 뭐, 알겠다고 했다. 그의 말이 거짓말인지 사실인지 판단하고 싶지 않았다. 배리가 하는 수천가지 이야기 중에 그 정도는 미친 축에도 못 끼니까.

배리는 외관상 평범한 노인에 불과했다. 키가 크고 말라서 불안정해 보이긴 했지만 특출 난 건 없었다. 하지만 입만 열면 상황이 달라졌다. 그는 세상의 온갖 지식과 언어로 서커스를 하는 사람처럼 보였다. 모든 역사와 이론과 야사와 법칙을 꿰고 있었고 이야기를 할 때마다 새로운 정보가 튀어나왔으며 전혀 예상 밖의 형태로 결합됐다. 그는 문화를 혐오했고 문화비평 따위의 활동을 했던 자신의 과거도 혐오했다. 문화는 의식을 자동화해 사유의 진전을 차단하는 거대 회로에 불과하며 우리가 해야 하는 일은 만나지 말아야 할 배선을 접촉시켜 단락을 일으키는 것이라고 했다. 그러니 더이상 예술작품을 제작하거나 유통하지 말 것이며 학문적인 방향에서의 연구나 이론도 멈춰야 한다. 이것은 전류를 일정 방향으로 흐르게 할 뿐이다. 그러면 우리는 뭘 해야 되나요? 나와 친구들이 아마 그렇게 물었던 것 같다. 우리는 별 거 없는 지방의 출판인들이었으니까 말이다. 작가님도 대재난을 쓰고 계시지 않나요?

배리는 바다가 보이는 저층 아파트의 꼭대기 층에 혼자 살았다. 우리가 그의 집에 처음 방문했을 때 그는 셔츠에 보타이를 맨 말쑥하지만 황당한 옷차림으로 우리를 맞이했다. 현관의 주황색 센서등을 뒤로 하고 서서 우리에게 "배리를 찾아오셨나요? 그렇다면 제가 아주 중요한 얘기를 들려드리죠"라고 말하던 그의 모습이 지금도 생생하다.

지어진 지 칠십여년이 지난 아파트는 낡을 대로 낡아 가스관과 배수관이 제대로 작동하지 않았고 서랍을 열면 바퀴벌레가 마술사의 모자 속에 든 토끼처럼 튀어나왔다. 온갖 책과 종이더미로 가득한 바닥과 테이블, 서가는 인류 지성의 집적물을 게워내고 있는 것처럼 보였다. 보타이를 매고 중앙의 고풍스런 갈색 의자에 앉아 있는 배리는 이 모든 난장판과 어울리는 듯 어울리지 않았고 이야기를 시작한 뒤에는 더욱 그랬다. 그의 이야기는 사리와 인과가 어긋난 조합의 연속이었지만 어느 순간 모든 것이 기적처럼 맞물리며 째깍째깍 돌아갔고 우리의 집중력 또한 모래알처럼 흩어졌다 모이길 반복하며 다채로운 형이상학적 몽상을 그렸다. 하지만 배리의 아파트를 나설 땐 아무것도 제대로 기억할 수 없었다. 파편만 남아서 뇌 속을 부유했고 꿈에서 깨어 꿈을 되짚듯 모든 게 무가치하게 느껴졌다. 동료 중 하나는 신의 똥구멍으로 빨려 들어가는 느낌이라고 말했다. 아니면 단단히 성난 21세기가 우리의 후장을 쑤셔대는 기분이야.

우리는 배리의 말을 녹음하기로 했다. 그러나 그것은 헛된 시도였다. 어찌된 일인지 반복해서 듣고 녹취를 풀어 정리해도 배리의 말을 직접 들을 때와 같은 일은 일어나지 않았다. 어긋나고 비뚤어진 정보들 사이에 아크방전이 일어나 온몸을 저릿하게 만드는 그런 순간이 존재하지 않는 것이다. 그의 말을 들을 때 깨달은 것을 보존하려면 그의 말을 계속해서 직접 듣는 수밖에 없었다. 거기엔 뭔가 마법 같은 순간이 있었다.

배리가 살아 있고 배리의 언어들도 살아 있다는 소문이 어떻게 퍼지기 시작했을까. 우리가 진원지일지도 모르지만 아닐지도 모른다. 배리의 팸플릿을 바탕으로 출판물 시리즈를 제작할 즈음 배리의 아파트는 추종자들로 북적이기 시작했으니까 말이다. 성지순례라도 하듯 일군의 젊은이들이 무릎걸음으로 한반도를 가로질러 외진 해변까지 찾아왔다. 부드러운 모래 위로 어지러운 발자국들이 남았고 대공황이 끝나지 않은 세계에서 사는 소심하고 무력한 인공생명들이 남기고 간 쓰레기가 거리를 굴러다녔

232

다. 먼지 구름이 지표면에 닿아 모든 것이 희뿌옇게 보일 때면 색색의 연막신호탄을 들고 거리를 걷고 있는 그들의 모습이 보였다. 그들이 원하는 건 무엇이었을까. 극단적이고 폭력적인 도약, 영원한 삶과 영원한 전쟁, 끝없는 낙진 속에서 태어난 돌연변이 생물들의 추방 같은 것들이었을까. 이 세상의 것이 아닌 듯한 소음이 먼지 구름 속에서 가끔 들려왔다. 그럴 때면 나와 동료들은 우리가 정말 공상과학 영화 속에서 살고 있는 건 아닌지 의심하곤 했다. 현실은 이토록 평범한데 우리는 돌아갈 곳이 없었다.

배리의 녹취록으로 이루어진 출판물 시리즈가 완성되어갈 즈음 배리는 모든 일에서 손을 떼고 싶다고 말했다. 따로 할 일이 있다는 거였다. 그때 처음으로 수술에 대한 이야기를 들었다. 배리는 뇌수술을 할 예정이고 그 과정을 라이브로 중계할 거라고 말했다. 자신의 라이브를 따라 수백, 수천의 사람이 자가 수술을 집도할 것이고 그 과정 역시 라이브로 중계될 거라고, 잠자리의 눈처럼 빽빽하게 채워진 스크린의 연쇄 속에서 두개골을 열어 혈류의 방향을 바꾸고 전극을 삽입하는 사람들의 모습이 반복될 거라고 말했다.

배리는 의식을 정보 손실 없이 외부와 직접 커뮤니케

이션하도록 뇌를 개조하는 수술이라고 설명했다. 이 수술의 목적은 다음 네가지였다. 있는 그대로, 왜 그대로인가, 어떻게 더 나빠질 수 있는가, 불행한 해법들. 문제는 커뮤니케이션이 인간과 인간 사이뿐 아니라 인간과 기계 사이에서도 이루어진다는 사실이었다. BCI 기술처럼 단순히 뇌로 기계를 조종하고 블루투스 연결을 하는 게 아니라 기계의 마음을(그걸 마음이라고 부를 수 있을지 모르겠지만) 이해하고 받아들일 수 있길 원한다고 배리는 주장했다. 자신한테 일어난 일이 바로 그것이었다고, 시냅스에서 일어난 불특정한 사건으로 인해 기계의 언어를 이해할 수 있게 되었고 이제 과학의 힘을 빌려 모든 사람들에게 자신의 경험을 전파할 거라고 말했다. 그때가 되면 사물과 인간 사이에 구분이 사라질 것이었다. 차이와 선별이라는 언어의 한계도 사라지고 입자 단위에서의 소통이 가능할지도 모른다고 배리는 말했다.

　배리의 말을 들은 동료는 그 자리에서 눈물을 흘렸던 것 같다. 입은 웃고 있는데 눈에서는 눈물이 줄줄 흘러내렸고 통제를 벗어난 안면 근육이 씰룩거렸다. 동료는 블랙아웃으로 남편과 아이 둘을 잃었다. 일상을 회복했지만 지금의 세상은 그전의 세상과 조금도 같지 않았다. 우리가 돌아갈 수 있을 거라고 믿는 사람은 없었고 우리가 더 나아갈 수 있을 거라고 믿는 사람도 없었다. 경보음이 가득한 세상의 고립감 속에서 배리는 괴기스러운 믿음을 주었다. 비밀리에 임상실험만 하고 빵 부스러기 같은 뉴스만 흘리는 테크 기업이나 연구소와 달리 스스로 몸을 바쳐 수술을 집도하는 것이니 말이다.

그날도 평소처럼 불투명한 대기 속에서 연막신호탄이 점점 빛을 뿌렸다. 나는 창밖으로 배리의 아파트가 보이는 작업실에서 배리의 마지막 출판물들을 다듬고 있었다. 이것들에 어떤 효용이 있을지 모르지만 작업을 마무리 지어야 했다. 모니터로 배리가 수술을 위해 머리를 깎는 모습이 보였다. 다큐멘터리를 만드는 두명의 청년 중 하나가 이발을 돕고 나머지 하나가 촬영을 했다. 나는 배리가 오래전에 우리에게 들려준 노래 가사를 떠올렸다. 그것은 사상 최악의 태풍을 앞두고 우산과 비옷을 버려두고 밖으로 유유히 걸어가는 사람의 이야기였다. 그것이 끔찍하리라는 사실을 나는 안다. 그러나 그것 말고 다른 뾰족한 수가 있겠는가.

끝없이 두갈래로 갈라지는
복도가 있는 회사

블룸 앤 블룸 L.P.의 모토는 다음과 같다. '우리는 더 대단한 생각을 하는 사람들입니다.' 이 문장은 블룸타워 로비의 우주비행선 모양의 모니터에서 24시간 쉬지 않고 번쩍거린다. 하지만 직원이라면 누구나 진짜 모토가 뭔지 안다. '남의 돈으로 내 일을 하자.'

나는 블룸 앤 블룸의 진짜 모토가 마음에 들었다. 가난한 부모를 둔 아시아계 미국인이 성공할 수 방법이 그것 말고 어디 있을까. 오리엔테이션 첫날 간부급인 사십대 후반의 백인 남성이 연단에 올라 전통에 따라 소리쳤다. "쇼 미 더 머니!" 그의 선창에 따라 명문대 출신 머저리들이 소리쳤다. "쇼 미 더……"

합격 통보를 받은 날 저녁, 나는 단골인 파파이스에서 캐런 호에게 청혼했다. 캐런은 말했다. "파파이스에서?

진심이야?"

블룸 앤 블룸의 본사인 블룸타워는 맨해튼 미드타운에
있었다. 처음 느낀 건 건물에 엘리베이터가 욕이 나올 정
도로 많다는 사실이었다. 다들 픽킹 엘리라고 불렀는데,
일층의 서로 다른 구역에 위치한 엘리베이터는 각기 다
른 층으로 운행됐다. 소문에 따르면 블룸 타워에는 총 다
섯개의 엘리베이터 그룹이 있었는데 연봉과 직급 순으로
올라갈 수 있는 층이 달랐다. 나는 두번째로 높은 45층에
서 60층을 배정받았다. 아이비리그나 MBA 출신 신입들
이 보통 이 그룹에 속했다. "좋아할 건 없어. 그들 대부분
은 죽을 때까지 같은 층에서 일하니까." 오리엔테이션에
서 선창을 한 프린스턴 출신 간부 제이 서머스도 나와 같
은 그룹이었다. 회사에서 만난 그는 오티에서와는 인상이
달랐다. 그땐 범접하기 힘든 월가의 엘리트로 보였는데
지금은 알코올과 암페타민에 절인 양배추 같았다.

엘리베이터 그룹에서 가장 의문스러운 건 사람들에게
알려진 그룹이 총 네개밖에 없다는 사실이었다. 간부들이
포진한 네번째 그룹은 61층에서 70층을 배정받았고 그게
이 타워의 꼭대기였다. 그러면 다섯번째 그룹은? 그들은
지하로 출근한다고 했다. 하지만 엘리베이터에는 지하층

버튼이 없었다. 지하로 가는 계단도, 통로도 본 적 없었다.

블룸 앤 블룸이 세계적인 그룹으로 성장한 건 '블룸 터미널'이라고 불리는 데이터 분석 및 리서치 소프트웨어 덕이었다. 신입 애널리스트들은 입사 초기 두달 동안 집중적으로 블룸 터미널 교육을 받는다. 구역질 나도록 지겹고 고통스러운 기간이다. 하지만 이 시기의 성적이 회사 생활의 성패를 좌우했다. 나는 이를 꽉 물고 달려들었고 최고점을 받았다.

다음 날, 평소와 같이 출근했는데 카드키가 먹히지 않았다. 제이 서머스가 술이 덜 깬 얼굴로 다가왔다.

"이쪽으로."

서머스와 나는 일층 로비를 빙 둘러 타워의 안쪽 깊숙이 걸어갔다. 두달 동안 한번도 가보지 못한 방향이었다. 이윽고 타워의 가장 안쪽에 이르자 창고 입구처럼 보이는 작은 회색 문이 있었다. 서머스는 조금 떨어져서 턱짓으로 문을 가리켰다.

문이라고 할 수 있지만 사실상 문고리도 도어록도 보이지 않는 회색 직사각형이었다. 서머스는 무표정한 얼굴로 나를 보고 있었다. 나는 어깨를 으쓱하며 카드키를 문에 댔다. 그러자 문이 안쪽으로 스르르 열렸다.

"들어가." 서머스가 말했다.

문 안은 칠흑같이 어두웠다. 자세히 들여다보니 어둠의 농도가 조금씩 달랐다. 검은 사각형 안에 검은 사각형 안에 검은 사각형이 끝없이 이어졌다.

"들어가." 서머스가 다시 말했다.

나와 서머스가 들어가자 문이 닫혔다. 어둠 때문에 우리가 있는 공간의 크기를 알 수 없었다. 휘청하는 나를 서머스가 붙들었다. 곧 전기차의 엔진 소리 같은 고요하고 매끄러운 진동음이 들리며 어둠이 아래로 이동하기 시작했다.

"그래, 맞아. 필립 글래스가 작곡했어." 서머스가 말했다.

"뭐가요?"

"엘리베이터 소리. 그게 궁금했던 거 아니었어?"

눈앞에 끝없이 뻗어나가는 복도가 있었다. 복도는 클라인 병처럼 벽과 바닥과 천장이 이어져 있었고 희미한 조명이 그런 느낌을 더 강조했다. 나는 서머스와 복도를 따라 걸었다. 먼 곳에 조명과 다른 색상의 빛이 보였다. 빛은 어느 방에서 나오는 것이었다. 그 방은 외부와는 정반대였다. 쾌적한 온도와 청결한 공기, 화려한 조명과 고급스러운 가구들이 모습을 드러냈다. 벽면은 양털로 덮여 있었고 바닥은 질긴 대리석으로 만들어져 있었다.

일정한 격자 그리드로 이루어진 칸막이 안에서 사람들이 두 모니터를 이어놓은 블랙 인터페이스 화면을 보며 일을 하고 있었다. 기계는 블룸 터미널과 비슷했지만 여러면에서 달랐다. 사람들은 생전 처음 보는 키보드를 미세한 조작으로 다루었다. 그들의 움직임은 마치 예술가들의 퍼포먼스를 보는 것 같았다.

벽면에는 커다랗게 알파벳이 새겨져 있었다. N.Y.F.B.

"NYFB?" 내가 물었다.

"어……" 서머스가 뜸을 들이더니 나를 흘깃 보고 말했다. "좆도 신경 *끄라고*none of your fucking business. 그냥 닥치고 할 일이나 하라는 말이야."

그 할 일이란 미노타우로스라는 이름의 기계를 조작하는 일이었다. 미노타우로스는 기하학적이며 논리적인 미로다. 미로의 중심에는 암소가 있다. 표면상 게임의 목적은 규칙에 따라 미로를 통과해 암소에 도달하는 거지만 진짜 목적은 규칙이 무엇인지 추측하고 규칙을 새롭게 만든 후 다시 적용하며 그 규칙을 따르면서 다시 변형하는 자기참조적 논리 비틀기에 있었다.

두 모니터의 검은 화면에는 수십개의 작은 상자가 있다. 상자 속에는 여러 종류의 폰트로 추상적인 지침들이 쓰여 있다. 직원들은 전용 단말기를 사용해 왼쪽 끝과 오른쪽 끝의 상자를 동시에 커서로 가리킨다. 그리고 지침에 따라 양손을 움직여 예스 또는 노 방향으로 움직이며 미로의 중심에 있는 암소를 향해 나아가야 한다.

"이게 대체 뭐예요?" 내가 물었다.

"N, Y, F, B." 서머스가 말했다.

나는 그날 이후 지하층에서 일하기 시작했다. 연봉이 예전의 두배가 되었으니 닥치고 일할 만했다. 암소를 잡을 때마다 상여금이 나온다고 했지만 암소는 한번도 잡을 수 없었다. 서머스는 어렵게 생각할 거 없다고 말했다.

"고전적인 미로랑 비슷해."

서머스가 알려준 방법은 '깊이 우선 탐색'이다. 이 방법을 이해하려면 우선 미로에서 서로 다른 경로 중에 선택을 하게 되는 임의의 지점, 즉 경로들이 만나는 지점을 노드로 정의해야한다. 그리고 다음 방법을 따르자.

1. 출발 노드에서 들르지 않은 임의의 이웃 노드에 들른다. 그리고 더이상 들를 이웃 노드가 없는 가장 깊은 곳까지 계속 탐색한다.

2. 더이상 들를 이웃 노드가 없을 경우, 들르지 않은 노드에 이웃한 첫번째 노드를 찾을 때까지 이전 경로를 따라 되돌아온다. 그 첫번째 노드를 찾으면 그곳에 들러 1을 반복한다.

3. 어떤 경로를 따라 되돌아왔다면, 그 경로는 다시 이용하지 않는다.

깊이 우선 탐색은 대개 스택 자료구조를 사용하여 구현되며 그래프나 트리 구조에선 최단경로를 찾는 문제에 적합하지 않을 수도 있다. 최단 경로가 아닌 경로를 먼저 찾을 수도 있기 때문이다. 그러나 미노타우로스에서 중요한 건 최단경로가 아니었다. 여기에서는 자기 참조적으로 변하는 규칙과 경로 자체가 중요했다.

암소를 찾은 직원에게는 임의의 방 번호가 주어진다. 직원은 복도를 따라 번호가 쓰여 있는 방이 나올 때까지 걸어간다. 그리고 그 방으로 들어가 경로를 입력하고 다시 돌아와서 일을 반복한다.

얼마나 오래 이 일을 했는지 모르겠다. 어느 시점 이후

나는 암소를 잡을 수 있었고 번호 방에도 들어갔다. 특별할 건 아무것도 없었다. 우리가 하는 일이 뭔지 알 수 없다는 것 말고는. 사람들은 놀라울 정도로 의문을 갖지 않았다. 가끔 캐런이 회사에서 하는 일이 뭐냐고 물었지만 할 말이 없었다. 캐런은 내가 점점 다른 사람처럼 군다고 했다. 일주일에 120시간은 일하는 것 같았다. 나는 캐런에게 말했다.

"망할 네 일이나 신경 써."

그날 캐런은 집을 나갔다. 나는 침대 귀퉁이에 앉아 다음 경로와 암소를 생각했다.

네번째로 암소를 잡고 번호 방에 들어갔다 온 날이었다. 문득 복도의 길이가 궁금했다. 맨해튼의 지하를 개미굴처럼 빽빽이 채우고 있다는 소문이 사실일까. 그때 복도 끝에서 어떤 형체가 움직이는 게 보였다.

나는 그 형체를 뒤쫓기 시작했다. 하지만 너무 빨라 따라잡을 수 없었다. 복도가 꼬불꼬불해서 따라가는 게 힘들었다. 형체는 멈추지 않으면서도 계속 모습을 보이며 나를 유혹했다. 그렇게 얼마나 걸었을까. 나는 복도 끝에 도착했다. 그곳은 마치 화재로 불탄 듯한 풍경이었다. 불

길이 끊임없이 타오르고 있었고 지평선 너머로 확산되며 이글거렸다. 그것은 블룸 앤 블룸의 최후이자 세계의 최후, 종말의 풍경이었다.

그때 누군가 내 어깨에 손을 올렸다.

"여기서 뭐 해?" 서머스가 말했다.

놀란 내가 고개를 돌리자 언제 세상이 끝났냐는 듯 평범한 복도가 보였다.

서머스가 방으로 돌아가자고 말했다. 그런데 복도가 예전과는 달랐다. 이번에는 앞으로 쭉 뻗어 있지 않고, 옆으로 꺾인 복도였다. 새로운 복도는 어둡고 축축한 분위기를 띠고 있었다. 벽면은 거친 돌로 만들어져 있었고 천장에는 낡은 전등이 매달려 있었다. 복도에 빛이 거의 없었기 때문에 우리는 어둠 속을 걷도록 강요받았다.

"여긴 뭐예요?"

"어떤 인간적인 욕망에 대해 실험하는 곳이지. 좀 복잡하지만 매우 유용한 결과를 얻을 수 있어."

"어떤 욕망이요?"

"음… 아……" 서머스가 뜸을 들였다. "말이란… 너무 부족해… 욕망은… 너무… 그… 알지, 그렇잖아, 애더럴이라도 한알 줄까?"

하지만 우리는 지금까지 본 적 없는 이상한 장비와 실험도구들, 그리고 끔찍한 유기체로 가득 찬 공간에 끌려들어갔다. 이건 블룸 앤 블룸의 비밀 프로젝트인가? 하지만 가장 끔찍한 것은 서머스의 눈빛이었다. 지금까지는 그저 이상한 놈이었을 뿐인데 이제는 어떤 음침한 것이 그의 안에 깃들어 있는 것 같았다.

"우리가 세계에 대해 알게 된 건 그것이 예측하면 할수록 증폭된다는 사실이야." 서머스가 말하며 미소 지었다. 그런데 그 미소는 어딘가 이상했다. 웃고 있는 그의 얼굴 위로 울고 있는 그의 얼굴이 보였고 치켜 뜬 눈 위로 게슴츠레한 눈이 보였으며 피 흘리고 있는 이마 위로 물에 젖은 머리칼이 보였고 도망치라고 소리치는 그의 목소리 속에서 이곳에서 영원히 함께 일하자고 말하는 목소리가 메아리쳤다.

나는 뒤로 물러났다. 서머스가 웃음을 멈추고 말했다. "괜찮아?"

"네." 나는 헐떡이며 대답했다. 하지만 내 안은 복잡했다. 서머스의 말, 그리고 그 이상한 미소와 시선이 마음 한 구석에 남아 있었다. 이런 생각을 하면서 우리는 복도를 따라 다시 걷기 시작했다. 서머스는 더이상 말을 하지 않왔다. 그저 뚫어져라 앞을 보며 길만 계속 걸었다. 한참을 걸어가자 벽에 박힌 두개의 문이 보였다. 서머스가 한쪽 문을 열었다.

"여기서 좀 쉬자."

문 안으로 발을 딛자 미로 속으로 빨려 들어가는 것 같은 기분이 들었다. 시대와 취향과 정서가 계통 없이 뒤죽박죽된 이상한 방이었다. 한쪽 벽에는 오래된 미로 게임이 걸려 있었고 다른 벽에는 글씨로 된 이상한 패턴이 있었다. 나는 그 패턴을 읽어보았다. '우리는 여기에 있다. 당신이 여기에 있다는 것은 우리도 여기에 있다는 것이다. 이 방에서 당신은 우리의 노예가 된다. 이제부터 당신의 삶은 우리의 손아귀에 있다. 탈출을 시도하지 마라. 그렇게 하면 더 큰 고통을 받게 될 것이다.' 속이 울렁거렸다. 유치한 협박이라고 생각했는데 철자를 보는 것만으로도 공포감이 엄습했다. 서머스는 아무렇지 않은 표정으로 미로 게임에 몰두하고 있었다. 그는 조금 미친 것처럼 보였다. 서머스가 내 생각을 읽은 듯 나에게 다가와 속삭였다.

"나이스한 글귀네."

그러자 갑자기 전등이 꺼졌다. 우리는 어둠에 휩싸인 채 서 있었다. 그리고 어디선가 인간의 비명과 유사한 소리가 울려 퍼졌다. 나는 공포에 질려 허우적거렸다. 반면 서머스는 조용히 그 소리를 듣고 있었다.

"여기서 기다려." 서머스가 말했다. "이제 곧 끝난다."

쾅음과 함께 전등이 다시 켜졌다. 우리 앞에 방금까지 없던 문이 나타났다. "들어가." 서머스가 말했다. 그리고 그 순간, 우리의 운명이 바뀌었다.

캐런은 더이상 자신이 세상에 존재하지 않는다는 사실을 깨달았다. 하지만 존재하지 않는 존재가 어떻게 존재 여부에 대해 생각할 수 있을까. 캐런은 나와의 기억이 실제로 일어나지 않은 일이라는 사실을 알았다. 일종의 꿈. 하지만 꿈이 시각피질이 만들어낸 뇌의 환상이라면 지금 그녀에게 일어난 일은 가능성의 무한한 삭제였다.

나는 새로운 복도를 걸으며 서머스를 찾았다. 이상한 장소였다. 형용할 수 없는 감각이 중첩됐다. 복도는 선과 면이 아니라 점의 형태로 산산이 흩어졌다 모이길 반복했다.

어디선가 캐런이 나타나 말도 없이 손을 내밀었다. 손에는 작은 스위치가 있었다. "이걸 눌러." 캐런이 말했다.

"왜?"

"어서."

나는 스위치를 눌렀고 순간 공기가 변했다. 강한 바람이 우리를 휘감고 지나갔고 매캐한 냄새가 코로 들어왔다. 캐런과 나는 끝없이 이어지는 복도를 지나며 이상한 존재들을 마주했다. 어떤 것들은 죽은 동물과 같은 몸뚱이를 하고, 어떤 것들은 미래 인간의 형태를 띠고 있었다.

하지만 그들은 우리를 무시하고 복도를 지나갔다. 우리는 그들을 따라갔다. 그러던 중 복도 끝에 하나의 문이 보였다. 문은 거대했고 문고리는 지금까지 본 것 중 가장 컸다.

"여기서 선택을 해야 돼. 문을 열면 이곳을 벗어날 수 있어. 하지만 거기가 어디가 될진 몰라. 문을 열지 않으면 여기에서 영원히 살아야 돼."

나는 문을 열었다. 눈앞에 펼쳐진 것은 검은색 숫자들이었다. 0과 1의 끊임없는 반복. 나는 캐런에게 물었다.

"무슨 의미야?"

"가능성." 캐런이 말했다.

하지만 나는 캐런의 말이 믿음직스럽지 않았다. 불안감이 엄습했고 가능성이 현실에서 어떤 의미를 지닐지 두려웠다.

캐런은 한숨을 쉬었다. "그렇지만 가능성을 무시하는

건 불가능해."

캐런은 미노타우로스가 우주의 모든 변수를 포함한 분석과 예측을 수행하는 프로그램이라고 말했다. 미노타우로스의 예측은 일반적인 상식과는 달랐다. 무한한 양자 가능성 때문에 실제 현실은 예측 불가능하다. 진정한 예측은 예측을 생성하는 것이다. 예측을 예측하는 과정에서 미노타우로스는 가능 세계를 유한수로 한정했다. 이러한 개입은 중대한 문제를 야기했다. 가능성의 한정은 현실의 소거로 이어졌다.

"캐런이 그렇지." 서머스가 말했다.

내가 혼란스러워하자 서머스가 위로하듯 말했다. "미노타우르스는 모든 걸 뒤죽박죽으로 만들지. 캐런은 기억 속에 있어. 너는 캐런을 떠올릴 수 있고 캐런과 있었던 일을 기록할 수도 있어. 하지만 캐런은 존재하지 않아."

나는 그의 말을 이해할 수 없었다. 서머스는 상관없다고 말했다. "더 놀라운 건 캐런 자신도 자신을 인식할 수 있다는 사실이야. 더이상 존재하지 않는데도 말이지."

갑작스럽게 우주선이 복도 끝에서 나타났다. 우주선은 거대한 크기였지만 불규칙한 모양이었다. 아니, 그건 모양이라기보다 하나의 흐름이었고 주름이었다. 빛나는 표면에는 기호와 그림이 새겨져 있었다. 우주선은 우리를 향해 전진했다.

"어떻게 해야 돼?"

"미노타우로스가 컨트롤러에 액세스해서 억제 필드를 작동하면 우주선을 멈출 수 있어. 그러나 그건 위험해." 서머스가 대답했다.

하지만 선택의 여지가 없었다. 서머스는 미노타우로스 컨트롤러에 손을 올렸다. 나는 우주선 가까이 다가갔다. 문이 자동으로 열렸다. 우주선 안은 파도처럼 요동치는 기계 장치들로 가득했다. 그때 갑자기 지진이라도 난 듯 우주선 전체가 흔들렸다. 그리고 우리는 다른 차원으로 빠져들기 시작했다. 물리법칙이 물구나무선 듯 뒤집히고 경계가 와해됐다. 과거의 시간과 현재의 시간은 미래 속에 있고 미래는 과거 속에 있었다. 시간이 돌이킬 수 없는 것이라면 원인과 결과는 무의미한 것, 끝과 시작은 늘 함께 있었고 시간과 공간의 바깥은 늘 현재였다. 나와 서머스는 하나이자 둘이었고 모두이자 단독이었다.

"쇼…미…더……" 나/서머스가 말했다.

오리엔테이션이 끝난 후 검은 머리의 여자 신입 하나가 내게 다가왔다. 그녀는 자기 이름이 캐런 호라고 말했다.

"이 회사의 모토가 마음에 들어요."

나는 캐런을 쳐다봤다. 오래전부터 그녀를 알고 있었던 것처럼, 모든 일이 실재라는 것을 알고 있었던 것처럼.

인공신경망과 함께한 일주일
「끝없이 두갈래로 갈라지는 복도가 있는 회사」 창작 후기

러브레이스 테스트라는 인공지능 시험이 있다. 인류 최초의 코드 작성자인 에이다 러브레이스의 이름을 딴 이 테스트는 튜링 테스트처럼 유명하진 않지만, 여러면에서 생각해볼 만한 점을 시사한다. 러브레이스 테스트를 발명한 연구진은 테스트를 이렇게 설명한다. 인간이 설계한 인공 행위자가 결과물(예를 들면 단편소설)을 내놓는다. 이 창조의 과정은 재현 가능해야 하고(하드웨어 오류로 우연히 생긴 결과가 아니어야 하고), 이 행위자를 설계한 인간은 행위자가 그 결과물을 어떻게 만들었는지 설명할 수 없어야 한다. 간단히 얘기하면, 러브레이스 테스트는 창조성에 대한 테스트이다. 기계가 진짜 창조적인 무언가를 생산할 수 있는지를 묻는 것이다.

하지만 이 질문은 여러가지 문제를 안고 있다. 우선 창

조성의 개념이 문제가 된다. 마커스 드 사토이는 창조성의 기준으로 1)새로움 2)놀라움 3)가치를 제시한다. 합리적인 기준이지만 이것 역시 문제다. 새로움과 놀라움, 가치를 어떤 기준으로 평가할 것인가. 이렇게 창조성을 정의하면 아마 인간이 창조한 대부분의 것이 기준에서 탈락할 것이다.

내가 챗GPT와 소설을 쓰며 염두에 둔 것은 러브레이스 테스트다. 과연 이 단편소설은 러브레이스 테스트를 통과할 수 있을까? 이 질문에 답하기 위해 나는 세가지의 간단한 원칙을 정했다.

1. 일반적인 형식의 단편소설일 것.
2. 챗GPT와 내가 쓴 부분을 구분하지 말 것.
3. 퇴고 과정에서 나의 판단과 챗GPT의 판단에 동일한 무게를 둘 것.

나는 2023년 3월 1일부터 3월 10일까지 유료서비스인 챗GPT 플러스를 사용해 소설 작업을 했다. 정해진 설정은 단 한줄의 제목이었다. '끝없이 두갈래로 갈라지는 복도가 있는 회사.'

결론부터 말하면 챗GPT 플러스의 성능은 기대에 훨씬 못 미쳤다. 먼저 챗은 소설을 써달라는 요구를 거절했다. 그것은 창의성을 바탕으로 하는 인간의 영역이라는 이유에서였다. 물론 이는 프로그래머들이 만든 알고리즘에 따른 첫번째 대답에 불과하다. 내가 반복해서 요구하자 챗은 소설을 쓰기 시작했다. 소설의 내용이나 문장에 대한 평가는 뒤로 하고 챗의 가장 큰 문제는 원고지 5매 이상의 내용을 일관성 있게 서술하지 못한다는 사실이었다. 챗이 그나마 잘하는 것은 소설의 시놉시스를 서술하는 것으로, 이는 소설의 전개를 제안하는 수준이었다. 그러나 그마저도 매우 전형적인 형태였다. 영어로 챗을 사용해도 크게 다르지 않았다. 나는 DeepL의 도움을 받아 영문으로 대화를 주고받으며 소설을 썼다. 한글에 비해 여러면에서 나은 결과가 나왔지만 의미 있다고 보기는 어려웠다.

나는 챗과 소설에 대한 방향을 논의하거나 소설을 쓰라고 요구하는 것을 포기했다. 그런 식으로는 일이 해결될 수 없었다.

내가 선택한 것은 '끝없이 두갈래로 갈라지는 복도가 있는 회사'라는 제목 아래, 다양한 설정과 인물을 반복해서 제시하는 것이었다. 챗은 그때마다 짧은 이야기를 서

술했다. 나는 연결이 될 수 있거나 흥미로운 부분을 추출하고 배열해서 소설을 만들었고 만든 부분을 다시 챗에게 제시해서 뒷부분을 쓰게 했다.

「끝없이 두갈래로 갈라지는 복도가 있는 회사」는 이 과정을 반복하며 쓴 소설이다. 이 소설에는 내가 쓴 문장도 있고 챗이 쓴 문장도 있다. 그러나 그 둘을 구분하는 일은 무의미하다. 소설을 쓰며 가장 의미심장하게 느껴진 것은 챗보다는 나의 변화였다. 챗GPT와 상호작용하며 소설을 쓰는 일은 나의 문장을, 내가 생각하는 방향을 그에게 맞추는 일에 가까웠다. 나도 모르게 챗의 스타일로 소설을 사유하게 된 것이다. 이게 어떤 의미일까. 인간이 기계화된다는 의미일까. 이 글에서 구체적으로 논의하는 것은 어렵다. 하지만 창조성과 지성에 대한 아이디어는 제시할 수 있을 것 같다. 아마 인공 신경망은 대부분의 사람보다 많은 지식을 가지고 있을 것이다. 문장의 정확도, 유려함, 쓰는 속도 역시 사람보다 나을지도 모른다. 그러나 아직 인공신경망보다 인간이 훨씬 유연하다. 유연함이란 스스로에 대한 자각과 외부에 대한 인식 사이에서 변화와 균형을 동시에 추구하는 능력이다. 다른 말로 하면 형이상학적 의미에서의 위치 감각이라고 할 수도 있을 것이다.

인공신경망에게 결여된 것은 이러한 감각이다. 창조성과 지성은 지식이나 앎의 정도가 아니라 유연성의 정도를 뜻하는 게 아닐까. 이 기준은 인간에게도 똑같이 적용할 수 있을 것이다.

비인간적인 작가 되기

1. 나는 어쩌다 비인간이 되었는가

　비인간에 관심을 갖게 된 건 첫 책을 내고 난 뒤다. 2016년에 소설집 『내가 싸우듯이』(문학과지성사)를 출간했다. 매년 수백권씩 쏟아지는 소설책의 홍수(?) 속에서 내가 거둔 성과가 있다면 호와 불호가 확실히 갈렸다는 점이다. 친구들은 예술가라면 모름지기 호평과 혹평을 동시에 받아야 되는 거라고, 예술사의 모든 걸작은 처음에는 비판을 받았다고 나를 위로했지만, 나는 악플을 볼 때마다 인터넷 쇼핑을 했고(금융치료) 곧 파산할 지경에 이르렀다.

　그러던 중 어느 계간지에 내 책에 대한 평론가와 시인의 대담이 실렸다. 여러 이야기가 오갔는데 그중에는 이런 것도 있었다. "이 소설들은 알파고가 능히 쓸 소설 같기도 해서, 혹시 정지돈이 알파고가 아닐까 하는 상상도 했습니다. 알파고의 알고리즘을 통해 알파고가 쓸 글을 미리 선점해서 쓰고 있는 것은 아닐까 싶었습니다."*

지금 보면 묘하게 칭찬 같기도 한 이러한 평가는 그러나 당시에는 비판의 어조로 쓰였다. 때마침 이세돌 9단과 알파고의 대국이 이루어졌고 이세돌은 인간이 컴퓨터를 상대로 거둔 마지막 1승을 뒤로 하고 영웅적인 패배를 했다. 그러니까 인공지능에 대한 두려움 또는 거부감이 가시화되던 시기에 인간인 나를 이세돌이 아닌 알파고에 비유한 것이다.

물론 이 비유는 반쯤 농담이었는데 그럼에도 불구하고 알파고 비유가 나온 이유가 있었다. 가장 인간적이어야 할 문학작품을 정지돈은 단지 정보와 지식의 영역에서, 재조합·배치·조립의 방식으로 썼다는 것이다. 그러므로 그의 소설은 감정을 상실한 비인간적인 소설이다, 소설적인 것이란 곧 인간적인 무엇인데 정지돈의 소설은 인간적

---

* 「이 계절에 주목할 신간들」, 『창작과비평』 2016년 가을호 432면.

인 것이 없으므로 소설이 아니다 등등의 이야기가 대담 이후 이어졌다. 친구들은 나를 인구(인간 구글)라며 놀리기도 했다.

하지만 무엇보다 놀라웠던 건 그런 평가를 듣기 전까지 나는 내 작품을 너무나 인간적이라고 생각했다는 사실이다. 감정이 과하고 문학에 대한 진정성이 넘쳐서, 더 건조하고 냉정하게 서술해야 할 부분을 그렇게 하지 못한 게 아쉬웠는데 웬걸, 책이 나오고 나니 사람들이 인공지능 취급을 하는 것이다. 그건 아마도 소설이 직조된 방식이나 형식, 문체가 이전의 개념과 다르기 때문이기도 할 것이다. 그러나 형식 파괴, 전복은 오히려 예술의 전통 아닌가. 더구나 내가 했던 배치와 개념의 전환은 딱히 전복적이지도 않았다. 그래서였는지 어떤 평론가는 내 작품을 비판하면서 이건 혁신이 아니라고 화를 내기도 했다. 초현실주의자나 보르헤스가 다 했으니 충분히 새롭지 않다고 말이다. 이쯤 되면 문제가 복잡해진다. 혁신이어도 비판받고 혁신이 아니어도 비판받는 것이다. 그러니까 사실 진짜 문제는 전복이나 실험, 혁신 따위가 아니라 다른 곳에 있었다. 문학이 허락하는 새로움은 어디까지나 인간성의 범주에 있어야 한다는 것, 무엇이든 허용되지만 인간성의 범주는 넘지 마라. 그게 문학의 정언명령이었던 것이다.

하지만 여기서 말하는 인간성이란 무엇일까. 문학에서 말하는 인간성은 작가의 창조성과 관련이 있다. 작가는 고유한 경험을 통해 내면에서 작품을 창조해야 한다. 외부의 정보를 가져와 조합하고 배치하는 건 인공지능이나 할 짓이지 마음을 가진 인간이 할 짓이 아니다. 조금 덜 과격하게 말하면 그렇게 해도 되지만 진정한 문학, 진정한 창조는 아니라는 것이다. 그러나 조금만 따져 물어도 이러한 생각이 얼마나 허약한 논리에 기반해 있는지 알 수 있다. 경험? 내면? 외부? 정보? 뭐 하나 정확하게 쓰인 개념이 없기 때문이다.

하지만 논리를 일일이 따져 물을 필요는 없을 것 같다. 내게 중요한 건 내가 인간적이라고 여겼던 소설을 다른 사람들은 비인간적이라고 생각했다는 사실이다. 왜 이런 차이가 생겼을까. 내가 튜링 테스트에 참여한, 인간인 척 하는 인공지능이라면 문제가 쉽겠지만 안타깝게도 나는 인간이다. 하지만 나는 이 일을 계기로 비인간에 관심을 갖게 되었다. 아니, 이 일이 나를 비인간으로 만들었다고 해야 될까.

2. 비인간적인 작가 되기

　2018년 무렵 도서관에서 강연 요청을 받았다. 주제는 자유롭게 정하면 된다고 했다. 나는 당시 고민하던 여러 아이디어를 엮어 강의 개요를 짰고 제목은 '비인간적인 작가 되기'로 정했다. 메일을 보내고 며칠 후 사서에게 답장이 왔다. 사서는 죄송하지만 아무래도 내가 보낸 메일에 착오가 있는 것 같다고 했다. 강연 제목이 잘못됐다는 것이다. 비인간적인 작가 되기라니요, 뭔가 실수하신 거 같아요. '인간적인 작가 되기'겠죠?

　사서의 의문이 이상한 건 아니었다. 우리는 사이코패스에게나 비인간적이라는 표현을 쓰니까. 실제로 국어사전 역시 비인간적이라는 단어를 '사람답지 아니하거나 사람으로서는 차마 할 수 없는 것'이라고 정의한다. 소설가라면 누구보다 더 인간적인 사람이어야 할 텐데 비인간적인 작가 되기라고? 뭐 이렇게 생각한 것이다.

　나름 열심히 설명했던 것 같다. 여기서 말하는 비인간은 그런 게 아니라고 말이다. 근대 이성의 확립 이후 인간 중심적인 사고방식이 세계에 많은 해를 끼쳤고 이미

1960년대에 미셸 푸코는 인간의 죽음을 선언했고, 휴머니즘이란 서구 백인 남성 중심적인 생각이었다는 한계도 밝혀졌고, 인간적인 사고의 중심에 있는 이분법과 편향이 우주를 이해하는 데에도 큰 장애물이고, 그러니 이제 우리에게 비인간의 사유가 요구됩니다… 블라블라…… 그러나 결국 '비인간적인 작가 되기' 강연은 하지 못했다. 어쨌든 중요한 건 휴머니즘, 인간성 아니겠냐는 반론을 넘어서지 못한 것이다.

그런 일이 있었는데 겨우 오년이 지난 지금 출판계에는 비인간에 관한 책이 쏟아지고 있다. 인간/자연의 이분법을 비판하고, 인간과 비인간, 생명과 비생명, 주체와 객체의 경계를 다시 묻고 기계와 인공지능의 가능성과 미래를 숙고하고 환경과 사물 존재자들의 가치를 드높이는 사유가 유행이 된 것이다.

물론 지성계나 출판계 일부의 유행일지도 모른다. 그럼에도 불구하고 비인간적인 사유가 어느 때보다 필요한 건 사실이다. 거의 매해 일어나는 환경 재난은 인간중심적인 사고로 인한 결과다. 자연환경은 인간과 가장 가깝지만 (사실상 인간은 자연의 부분이지만) 가장 비인간적인 존재다. 그러므로 비인간에 대한 사유는 무엇보다 생태학적인 사유이기도 하다. 단순히 자연과 환경을 위하거나 의인화해서 바라보는 것을 넘어 다른 존재들을 능동적인 행위자로 받아들이고 그들의 관점에서 세계를 바라보기 위한 절박한 노력이다. 비인간성은 함께 존재하기 위한 사유인 것이다.

3. 비인간이 된다는 것은 어떠한 것인가

심리철학자 토머스 네이글의 유명한 시론 「박쥐가 된다는 것은 어떠한 것인가?」(1974)는 인간이 다른 존재자의 경험을 이해하고 경험하고 그 관점으로 바라보는 것이 가능한지 진짜로 묻는다. 문학은 보통 이러한 물음을 '이해할 수 없지만 이해하기 위해 노력한다'라는 식의 감성으로 퉁치고 넘어가는 경향이 있지만 철학이나 과학은 그렇게 하지 않는다. 결론이 허망할지언정, 이 사유 실험을 논리적으로 물고 늘어진다.

토머스 네이글에 따르면 박쥐는 고유의 경험과 내적 삶을 가진다. 그러나 시각-중심적인 인간과 달리 청각-중심적인 박쥐의 경험은 같은 지구라는 환경을 공유하고 있음에도 불구하고 완전히 다르다. 우리는 아무리 노력해도 박쥐의 경험, 그 자체에 접근할 방법이 없다. 그저 박쥐의 생리적 메커니즘만을 파악할 수 있는 것이다. 이때 인간들은 보통 의인화라는 방법을 통해 다른 존재를 이해한다. 내가 그러한 상황에 있다고 상상함으로써 공감하는 것이다. 그러나 네이글은 박쥐의 경험을 이해하기 위해서 인간들이 일반적으로 사용하는 공감이나 상상에 의존하지 않을 것을 제안한다.

*어떤 새로운 방법, 즉 공감이나 상상에 의존하지 않는 객관적 현상학이 필요하다. (…) 그것의 목표는 그러한 경험을 가질 수 없는 존재가 이해할 수 있는 형태로 경험의 주관적인 성격을 적어도 부분적으로 기술해내는 것이다.**

네이글이 이러한 제안을 하는 이유는 간단하다. 우리는 너무 쉽게 다른 존재들을 의인화한다. 자신의 관점에서 공감한 것을 상대방을 위한 것으로 상상-착각하는 것이다. 다시 말해 공감이야말로 인간적인, 너무나 인간적인 방식의 폭력인 셈이다.

---

* 스티븐 샤비로 『탈인지』, 안호성 옮김, 갈무리 2022, 235면.

그러나 굳이 네이글의 시론에 대한 다양한 반론을 언급할 것도 없이 '객관적 현상학'은 불가능하다. 남이 내가 가진 고유의 경험을 알 방법이 없듯이 나 역시 남의 경험을 절대 알 수 없다. 하물며 같은 인간 사이에서도 상황이 이런데 어떻게 박쥐의 경험을, 나아가 생명도 없는 무기물의 경험을(그런 게 있다면) 알 수 있을까.

이러한 난국을 헤쳐나가기 위해 문학비평가인 스티븐 샤비로는 소설을 도구로 사용한다. 피터 와츠의 『블라인드 사이트』(이지북 2011)는 시리 키튼이라는 인물을 중심으로 서술되는 SF소설이다. 시리 키튼은 어린 시절 전간양 경련을 앓았고 대뇌 반구를 제거하는 수술을 받았다. 그는 회복되었지만 그 결과 정서적인 삶이 완전히 파괴되었다. 시리 키튼은 공감 능력이나 사교성이 전혀 없기 때문에 모든 인간의 행동을 관찰하고 기억하고 알고리즘을 뽑아내 흉내 내는 것으로 사회생활을 유지한다.

스티븐 샤비로는 이러한 시리 키튼의 행동을 이야기하며, 공감과 상상은 다르다고 주장한다. 우리는 흔히 상상을 통해 공감한다고 생각하지만 시리의 경우에는 상상만 할 뿐 공감하지 못한다. 그러나 어쩌면 바로 이 무능력에 가능성이 있을지도 모른다. 공감은 관찰과 상상을 통해 내가 그 입장이 되면 어떨지를 생각함으로써 감정을 이입하는 것이다. 결국 모든 것을 자신의 감정으로 환원하게 되는 것이다. 반면 상상은 사람, 사물, 그리고 환경의 표면만을 기반으로 이해하기 위해 안간힘을 쓰는 것이다. 시리에게는 공감을 위해 필요한 내면이 없기 때문에 이 방법 말고는 다른 수가 없다. 샤비로는 이렇게 말한다. "공감이 일인칭이고 과학적 관찰은 삼인칭이라면, 시리의 방법은 문자 그대로 이인칭이다."*

시리의 이러한 접근은 한편으로는 저주지만 다른 한편으로는 재능이다. 그는 우주선 테세우스호에서 '종합가'라는 직책을 맡는데 이는 다른 존재들의 언어를 사람들에게 번역하는 일이다. 아이러니하게도 그는 공감 능력을 잃었기 때문에 새로운 차원의 노력을 할 수 있었다. 다른 존재를 자신의 입장으로 환원하지 않는 것이다.

하지만 이건 어디까지나 문학적인 사변의 영역이다. 우리는 대부분 고유한 내면을, 경험을 버릴 방법이 없고 자신의 감정 앞에서 속수무책이다. 비인간을 이해하는 길이 비인간적이 되는 것밖에 없다면, 정말 비인간을 이해해도

---

* 같은 책 237면.

되는 것일까. 아니, 어쩌면 비인간적인 존재자들을 이해하기 위해 노력한다는 생각 자체가 너무나 인간적인 생각 아닐까. 비인간적인 사유는 궁지에 다다른 인문학이 만들어낸 망상 아닐까.

4. 비인간적인 인간 되기

인간적인 것은 뭘까. 기계 비평가 이영준은 인간적인 것은 기계적인 것이라고 단언한다. 그에 따르면 인류는 이미 오래전부터 기계에 맞추어, 기계화되어 살아왔다. 우리는 보통 비인간적이고 기계적인 것을 차갑고 딱딱하고 정해진 규칙에 의해서만 움직이는 것이라 정의한다. 하지만 생각해보라. 우리의 삶은 이미 충분히 기계적이다. 회사에 연차를 인간적으로 좀 늘려달라고 요구하거나 출퇴근 시간을 인간적으로 유연하고 자유롭게 해달라고 요구해보자. 유연하게 그만두라는 답이 돌아올 것이다. 은행에서 대출을 받을 때 우리를 판단하는 건 연봉과 담보평가액 같은 숫자이지 인간적인 호소가 아니다. 이런 현상이 단지 자본이나 산업에 잠식당한 영역에만 국한되

는 것도 아니다. 인간적이라고 여겨지는 삶 역시 정해진
규칙을 따른다. 부부는 혼인신고서를 작성하고 사회가 정
의한 규칙에 따라 의무를 다해야 한다. 부모 자식 간에도,
친구 사이에도, 직장 동료 간에도 암묵적인 룰이 있다. 이
룰을 어기는 사람에게는 비인간적이라는 말이 돌아온다.
다시 말해 인간적인 것은 사회가 정한 규율을 잘 지키는
것이다.

그렇다고 무작정 규율을 어기고 탈주하고 반항하는 게
인간적인 것도 아니다. 이영준은 생각의 전환을 제안한
다. 기계를 부정하지 말자는 것이다. 규율은 우리를 억압
하기도 하지만 동시에 우리를 정의하고 인간성의 바운더
리를 제시한다. 이때의 규율은 숫자와 같은 추상적인 의
미, 기계와 같은 외부요인들과 인간이 서로 맞추어가는
과정에서 탄생한 것이다. 인간적인 것 역시 이 과정 속에
서 잉태됐다. "기계 속에서 인간성이 실현"*된 것이다. 그
러므로 그는 말한다. 인공지능을 두려워하지 말고 인공지
능으로부터 배우자고.

---

* 이영준 「정신병으로서의 급발진」, 『공동진화: 사이버네틱스에서 포스트
휴먼』, 백남준아트센터 2017, 40면.

어쩌면 인간의 진짜 능력은 여기에 있는지도 모른다. 외부 환경의 영향에 따라 자신을 변화시킬 수 있는 능력. 인간적인 것은 불변하는 영혼이나 마음 또는 뇌 속의 신비로운 자아가 아니라 다종다양한 종류의 존재들, 환경들, 심지어 추상적 개념과 같은 비존재들과도 심층적이고 복잡한 관계를 맺으며 스스로를 변화시켜가는 과정에 있다. 비인간적이 되는 것은 해롭거나 부정적인 것이 아니라 더 윤리적이고 긍정적이 되는 것을 의미한다. 비인간적인 것은 개방적이고 상호협력적인 연대에 인간을 위치시키는 것이다. 반대로 인간적인 것이야말로 자신의 영토를 지키는 데 급급한 이기적이고 편협한 사고이다.

이론물리학자이자 페미니스트 이론가인 캐런 바라드는 『우주와 중간에서 만나기』(2007)에서 이렇게 쓴다. "현상은, 도마뱀이든, 전자든, 또는 인간이든, 오로지 세계의 계속적인 내부–작용의 결과로서, 그리고 그 일부로서 존재한다. 우리 인간들은 우리의 의지에 의해, 우리 혼자 힘으로 그렇게 하지 않는다. 우리는 우주와 중간에서 만나야만 한다. 세계의 변별적 생성 안에서 우리 역할에 대해 책임지는 방식으로 존재하게 될 수 있는 것을 향해 나아가야 한다. 모든 현실적 삶은 만남이다. 그리고 각 만남은 중요하다."*

　『인생 연구』에 등장하는 인물들에게 의미가 있다면 그
건 이들이 익숙하지 않은 어떤 종류의 만남을 요구하기
때문이다. 이해할 수 없고 비인간적이라고 생각되는 이런
만남은 그러나 우리가 크고 변화하는 세계의 일부라는 사
실을 자각하게 한다. 고정된 가치를 지키는 일은 어렵지
않다. 하지만 매순간 생성되는 낯선 세계 속에서 윤리를
발견하고 그것을 지키는 일은 새로운 차원의 도전을 요구
한다. 우리는 그러한 순간에 와 있다. 우리는 출발하기 위
해 여기에 있다.

---

* 박신현 『캐런 바라드』, 컴북스 2023에서 재인용.